Por encima del deseo

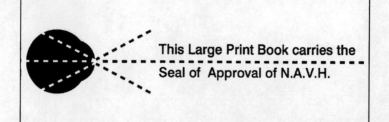

This Large Print Book carries the
Seal of Approval of N.A.V.H.

Por encima del deseo

Shirley Rogers

Thorndike Press • Waterville, Maine

Título original: Her Texan Temptation

Todos los derechos reservados.

Published in 2005 by arrangement with Harlequin Books S.A.
Publicado en 2005 en cooperación con Harlequin Books S.A.

Thorndike Press® Large Print Spanish.
Thorndike Press® La Impresión grande española.

The text of this Large Print edition is unabridged.
El texto de ésta edición de La Impresión Grande está inabreviado.

Other aspects of the book may vary from the original edition.
Otros aspectros de éste libro podrían variar de la edición original.

Set in 16 pt. Plantin.
Impreso en 16 pt. Plantin.

Printed in the United States on permanent paper.
Impreso en los Estados Unidos en papel permanente.

Library of Congress Cataloging-in-Publication Data

Rogers, Shirley.
   [Her Texan temptation. Spanish]
   Por encima del deseo / by Shirley Rogers.
     p. cm.
   ISBN 0-7862-7513-8 (lg. print : hc : alk. paper)
   1. Large type books. I. Title.
PS3618.O47H4718 2005
 813´.6—dc22
                                         2005000905

Por encima del deseo

Capítulo uno

¿Algún problema, Red?

Deke McCall, pensó Mary Beth Adams, reconociendo la voz y quedándose helada. Tenía el pie aprisionado en el agujero que ella misma había hecho al dar una patada al abrevadero. El agua se salía formando un pequeño charco. En aquellas circunstancias, la última persona a la que hubiera querido ver era precisamente el atractivo vaquero, con el que había tenido una aventura. Mary Beth juró en silencio, mientras su único trabajador contratado en el rancho desaparecía en la distancia. ¿Cómo era posible que se hubiera marchado así, sin más? Aunque tuviera una oferta de empleo mejor, al menos debería haberla avisado con antelación.

Mary Beth reunió coraje y se dio la vuelta en dirección a Deke. Por desgracia, el movimiento hizo que se torciera otro poco más el tobillo. Aguantando el dolor con valentía, Mary Beth apretó los dientes y contestó:

—No, todo va bien.

Detestaba que la llamara por aquel mote de la infancia. Nada más reconocer su voz, había sentido un estremecimiento recorrerle la espalda. Era como si no hubieran transcurrido aquellos dos años. Pero Mary Beth ya no era una adolescente enamorada, dispuesta a entregarle a Deke su corazón. No, era una mujer adulta, y tenía que controlarse. Solo que su corazón latía aceleradamente, poco dispuesto a escuchar a la razón.

Reunió coraje y alzó la vista hacia él. Según parecía, la vida del rodeo le sentaba bien. Tenía los hombros inmensamente anchos, y los brazos más musculosos de lo que ella recordaba. Pero no hubiera debido herirle de ese modo, volver a verlo. Inevitablemente, antes o después, tenía que mirarlo a los ojos. Era inútil retrasar el momento. A lomos de un caballo, Deke sonreía. Varios mechones de su cabello rubio sobresalían por fuera del sombrero vaquero. Y sus ojos azules, tan típicos de los McCall, brillaban excesivamente. Estaba de lo más sexy.

—¿En serio? —volvió a preguntar Deke, reprimiendo una sonrisa y ladeándose el sombrero.

Mary Beth era toda una mujer. Más alta que la media, y con curvas que podían paralizar el corazón de cualquier hombre. A la pata coja, con los brazos levantados como alas, balanceaba las caderas provocativamente, haciéndole recordar la noche en que hicieron el amor.

Tenía los cabellos pelirrojos recogidos, pero muchos mechones ensortijados se arremolinaban en torno a su rostro haciéndola parecer una adolescente, a pesar de tener veinticinco años. Y el brillo de los ojos la delataba. Si estaba colorada, no era porque le hubiera dado el sol, sino de vergüenza.

Atrás había quedado la mujer que él recordaba: callada, tímida, modesta. Habían crecido en el mismo lugar, pero Deke iba un par de cursos adelantado a ella. Y la verdad era que jamás le había prestado excesiva atención.

Hasta aquella noche, dos años atrás. Aquella alucinante noche había sido para Deke como un rotundo aviso: Mary Beth podía ser una amenaza para su soltería.

—Pues parece que no te vendría mal, un poco de ayuda —comentó él irónico, soltando una carcajada.

—Gracias, pero no.

Lo que Mary Beth necesitaba verdaderamente era un milagro. Un par de meses más de problemas abrumadores, y no tendría que volver a preocuparse de la hipoteca del rancho nunca más. Paradise pasaría a ser propiedad del banco.

Pero ella no creía en los milagros. Mary Beth adoptó aires de dignidad y sacó el pie del agujero sin caerse y sin hacer el ridículo. El agua salía del abrevadero a borbotones. Se apartó y apretó los dientes, al sentir un agudo dolor en la pierna. Incapaz de apoyar el pie, lo dejó en el suelo sin cargar peso en él.

—¿Qué estás haciendo aquí? —preguntó ella volviendo a recordar lo sucedido dos años atrás, al terminar el funeral de su padre, cuando Deke le ofreció consuelo.

Había sido tremendamente fácil apoyarse en él, perderse en su abrazo. Deke apenas le había hecho caso nunca, mientras que ella siempre había estado enamorada de él, desde la adolescencia.

—¿Aquí, en Texas, o aquí, en Paradise?

—En mis tierras —contestó ella con frialdad, observando el estado casi ruinoso de todo, a su alrededor, y sintiéndose violenta.

A pesar de las cabezas de ganado, escaso, resultaba pretencioso llamar rancho a Paradise. Probablemente Deke se estuviera preguntando por qué había dejado que todo llegara a ese lamentable estado. En el fondo, a Mary Beth le daba igual qué estuviera haciendo él en Texas. Al fin y al cabo, le había roto el corazón. Quizá no lo hubiera hecho intencionadamente, pero Deke tenía que saber que ella siempre había sentido algo por él. De un modo u otro, Mary Beth había sufrido su rechazo. Pero los tiempos cambian. Ella había cambiado. Ya no era la adolescente enamoradiza que se deja engatusar, no volvería a mostrarse tan susceptible a sus encantos.

Además, siempre había sabido que ningún McCall se tomaría en serio a un Adams. Su familia era pobre, mientras que los McCall poseían uno de los ranchos más prósperos de Crockett County. No le sorprendía que él no se hubiera molestado en llamarla por teléfono después de hacerle el amor, pero no por eso su abandono era más llevadero.

—Algunas vacas marcadas con tu sello han roto la valla, así que vine a investigar —respondió él perdiendo en parte el brillo de los ojos, ante el tono de voz frío de Mary Beth—. Me pareció que lo mejor era venir a avisarte.

—Me ocuparé de eso inmediatamente.

Realmente, no sabía cómo iba a hacerlo. Aunque poco fiable y poco trabajador, Clyde era su único trabajador. Pero acababa de marcharse, aceptando otro empleo en Dallas. Sin Clyde, y sin dinero para contratar a otro vaquero que lo sustituyera, Mary Beth estaba sola al frente del rancho.

¿Por qué se obsesionaba por conservar las tierras?, ¿Qué la había hecho creer que le interesaba siquiera convertir aquel rancho en un negocio próspero? Su padre siempre había creído que no tenía las agallas necesarias para dirigir un rancho, esa era la razón. Pero su padre llevaba dos años muerto, y desde entonces las cosas habían ido de mal en peor. ¿Qué hacía allí, tratando de demostrarle a un muerto que se equivocaba? De haber tenido una pizca de sentido común, se habría marchado de vuelta a San Antonio.

Pero si abandonaba le demostraba a su padre que tenía razón. ¿Por qué demonios su padre nunca la había querido? De haber tenido un hijo, en lugar de tenerla a ella, su padre le habría dado su aprobación automáticamente. Pero a una chica no, a ella no.

—¿Volverá pronto Clyde?

—He dicho que yo me ocuparé de eso —repitió Mary Beth sin hacer caso de la pregunta.

Ya encontraría el modo de recoger el ganado que se había metido en las tierras de los McCall. Ante todo, Mary Beth detestaba pedir ayuda. El problema era que el recibo de la hipoteca llegaría pronto, y no podía permitirse el lujo de perder una sola vaca, si quería venderlas para pagarlo. Aun así, prefería arriesgarse a no conseguir el dinero antes que pedir ayuda a Deke.

—Se me ocurrió que quizá quisieras que te prestara a alguno de mis vaqueros —sugi-

12

rió él frunciendo el ceño.

Se merecía la ira de Mary Beth, recapacitó Deke. Años atrás se había aprovechado de ella, haciéndole el amor y abandonándola para no volver a llamarla jamás. Y de pronto se presentaba de improviso. ¿Qué esperaba, una cálida bienvenida? Red se había marchado de Crockett para vivir en San Antonio, pero un par de años atrás, cuando su padre tuvo el accidente, la habían llamado para que volviera. Hank Adams había muerto dos semanas más tarde, tras la llegada de su hija a Paradise.

Deke había asistido al funeral solo por respeto. Jamás había simpatizado con Hank, aunque lo cierto era que el viejo no simpatizaba con nadie. En medio de toda aquella gente dándole el pésame, Mary Beth le había llamado la atención. A su vuelta de San Antonio parecía otra mujer, más segura de sí misma y más vivaz, siempre sonriendo, amable con los demás. Con todos, excepto con él. Por eso precisamente se había quedado en su casa, tras el funeral, cuando todos se hubieron marcha do. Le había molestado notar que ella hacía todo cuanto estaba en su mano para evitarlo.

—No, pero gracias de todos modos —respondió Mary Beth sacudiendo la cabeza—. Es solo que…

El tono brusco de Mary Beth daba a entender un mensaje con toda claridad: ella no lo quería ni ver. Deke estaba tan ofendido, que consideró incluso la posibilidad de marcharse. Pero como no estaba Clyde, tenía serias dudas de que ella pudiera reunir sola las vacas. Lo admitiera o no, necesitaba ayuda. Y no podía dejarla tirada. Como vecino, se sentía obligado a echarle una mano.

—Escucha —comenzó él a decir con calma—, puedo ayudarte a reunir las vacas perdidas. Podemos hacerlo en un momento, y luego me marcho.

—No necesito tu ayuda —insistió ella alzando el mentón, y llevándose una mano a la frente, sudorosa y dolorida.

—Parece que se prepara una tormenta —comentó Deke mirando al cielo—. Si lo hacemos juntos, podemos terminar antes de que descargue.

Deke volvió la vista hacia ella. Un anhelo largamente olvidado, que creía superado, le contrajo el pecho. Después de hacer el amor con ella, se había quedado atónito... anhelante de nuevo. Lo que Mary Beth le hacía sentir, lo que le hacía anhelar, iba mucho más allá de una mera necesidad física. Si no ponía especial cuidado, una relación con una mujer como ella podía resultar catastrófica, obligándolo a entregar mucho más de lo que estaba dispuesto. A juzgar por lo afectado que estaba en ese momento, aquella noche había hecho bien abandonándola.

—No quisiera retenerte, si tienes cosas importantes que hacer —insistió ella con frialdad—. ¿No deberías estar en los rodeos?

—Me he tomado un descanso para venir a casa —dijo él notando su desdén. ¿Le desagradaban todos los vaqueros que se dedicaban a ganar dinero en los rodeos, o solo él? Mary Beth hizo un gesto de dolor irreprimible, y Deke desmontó inmediatamente del caballo, acudiendo a su lado—. ¿Qué te ha pasado?, ¿te has hecho daño? —preguntó arrodillándose a su lado.

—¡Quítame las manos de encima! —exclamó ella empujándolo de los hombros.

—Calma —recomendó él apoyando una mano en el suelo y sujetándole la pierna con la otra—. Solo voy a echar un vistazo.

—Mi pie está perfectamente —mintió ella.

Pero Deke no le hizo caso. La conocía demasiado bien, y sabía que jamás aceptaba ayuda. En ese sentido, era todo lo contrario de su padre. Hank Adams siempre había buscado la vida fácil, mientras Mary Beth cuidaba de su madre enferma y se ocupaba de la casa. Deke tenía la sensación de que ella estaba dispuesta a destrozarse trabajando, tratando de corregir la reputación de su padre.

Deke le levantó la pierna con cuidado y la puso sobre la suya. Para mantenerse en equilibrio, Mary Beth se apoyó en su hombro. Aquel contacto lo hizo tensarse, Deke trató de ignorar la fragancia de ella. Y le quitó la bota, recordando aquella vez en que la había desnudado.

Aquella noche solo trataba de consolarla. Parecía como si ella estuviera tensa, intentando controlarse. Y finalmente, a solas con él, se había derrumbado. Se había apoyado en él y le había dicho que se sentía terriblemente sola. Echaba de menos a su madre, que había muerto un año antes.

Deke la había abrazado y le había susurrado palabras de consuelo. Al alzar la vista hacia él, con los ojos llenos de lágrimas, él había besado sus párpados para enjugárselas. Entonces Mary Beth se había estrechado contra él, y Deke había cedido al deseo de saborearla. Los besos encendieron rápidamente el fuego entre ellos, desatando la pasión. Deke había tratado de controlarse, reacio a aprovecharse de ella en aquella situación. Pero Mary Beth lo había atraído a sus brazos susurrándole que lo necesitaba. Y por fin él, dividido entre el deseo y la compasión, le había hecho el amor.

Un error. No, un terrible error. Enseguida Deke se había dado a la fuga, abandonándola antes de que fuera demasiado tarde. O eso, al menos, había creído él. Luego, a solas en su habitación, Deke había descubierto que no había corrido lo bastante. Pasar una noche con Mary Beth lo había alterado profundamente. Y no había vuelto a llamarla, para su vergüenza, por miedo a que ella le arrancara una promesa que no habría podido cumplir. Ni entonces, ni en ese momento.

—Estate quieta —ordenó él bruscamente, molesto ante las divagaciones de su mente, que no hacía sino adentrarse en terreno peligroso.

Otra vez. Tenía que alejarse de ella, si no quería volverse loco de deseo. Pero no podía dejarla, herida y sola. Se quedaría hasta asegurarse de que estaba bien. Y luego saldría disparado. Porque tenerla tan cerca era una amenaza para todo aquello por lo que luchaba en el rodeo. Ni podía quedarse, ni podía volver a hacerle daño.

—No puedo, si no me sueltas la pierna —contestó ella, tratando de no caerse.

A Mary Beth tampoco le gustaba tenerlo tan cerca. Tocarlo le hacía recordar. Por supuesto, él no había vuelto a pensar en ella desde aquella noche, de eso estaba

17

convencida. Deke le quitó la bota y el calcetín, descubriendo el tobillo hinchado. Mary Beth contuvo el aliento. Recordaba cómo aquellas mismas manos habían acariciado íntimamente su cuerpo. No debía dejarlo acercarse de nuevo.

Mary Beth lo miró a los ojos, preguntándose si habría estado hablando en voz alta. Deke la escrutaba de tal modo, que la hacía sentirse desnuda. De pronto se dio cuenta de que él estaba hablando.

—Cariño, ¿te duele mucho? —repitió la pregunta Deke.

—No, solo un poco —respondió ella retorciéndose de dolor, mientras Deke le giraba el tobillo en todas direcciones para ver si tenía el hueso roto.

—Mentirosa.

—Si me sueltas, me encontraré mejor —respondió ella maldiciéndose en silencio, por ruborizarse—. Lo único que tengo que hacer es volver a ponerme la bota y...

—Lo único que vas a hacer es ponerte hielo en la herida —dijo él con firmeza.

—Escucha, no necesito que me digas lo que tengo que hacer.

—Es evidente que sí, si crees que puedes volver a ponerte la bota como si nada —respondió él irguiéndose y poniendo los brazos en jarras.

—Tengo cosas que hacer. No puedo quedarme sentada sin hacer nada, por culpa de una torcedura —insistió ella retorciéndose de dolor.

—Deja que se ocupe Clyde, cuando vuelva —sugirió él recogiendo la bota y el calcetín, sin tendérselo a ella.

Mary Beth sintió que los latidos de su corazón se aceleraban. No quería admitir que Clyde se había marchado, pero no le quedaba otro remedio. Todo Crockett se daría cuenta. Y cuando Deke se enterara, volvería a Paradise hecho una furia.

—No puedo —dijo Mary Beth respirando hondo.

—¿Por qué?, ¿cuánto tiempo va a estar fuera?

—Para siempre. Se ha marchado.

—¿Ahora, precisamente? —continuó preguntando Deke.

—Ha aceptado un empleo en Dallas.

—Ah, por eso era por lo que tenías una rabieta, entonces —concluyó Deke, sonriendo.

—¡Venga, dame la bota! —exclamó Mary Beth, tratando de quitársela.

—Déjalo ya, Red —respondió Deke retirándola de su alcance.

—¡Deja ya de llamarse así!

—¿Cómo?, ¿Red? —preguntó Deke, seductor—. ¡Demonios, cariño, te han llamado así toda la vida!

—Pues no me gusta, jamás me ha gustado. ¡Me llamo Mary Beth!

—Bien, trataré de recordarlo, Mary Beth —contestó él con énfasis.

Según parecía, con Mary Beth no hacía una sola cosa bien. Apenas la había visto durante aquellos dos años, y las veces en que habían coincidido, ella había tratado de evitarlo. Ni siquiera le había dirigido la palabra. Lo cierto era que jamás habría podido ser el hombre que ella necesitaba. Al igual que Mary Beth, Deke había perdido a su padre. Había sido hacía muchos años, pero Deke seguía cargando con el peso de las últimas palabras que le había dirigido: «te odio». Mal escogidas, para un chico tan joven. Esas palabras lo habían perseguido hasta convertirse en un hombre. Jamás había tenido oportunidad de retirarlas. Había aprendido la lección: jamas debía decir algo que no sintiera.

Por eso no había vuelto a llamar a Mary Beth, después de hacer el amor. No había querido infundirle falsas esperanzas, que jamás habría podido cumplir. Pero en sus esfuerzos por no herirla, solo había conseguido hacerle daño.

—Escucha —continuó Deke observando el tobillo, hinchado y colorado—, tienes que cuidarte la hinchazón, o no podrás caminar en una semana.

—Vaya, gracias por su consejo, doctor McCall.

—Hablo en serio —insistió Deke contemplando sus labios, tan generosos y tentadores como siempre.

—No tengo tiempo para discutir contigo, tengo que reunir las vacas —contestó Mary Beth, tratando de quitarle la bota.

—No irán muy lejos —comentó él.

—Eso es igual, lo importante es que no van a volver si las llamo, ¿no crees?

—Muy lista.

—¡Dame esa bota!

—Como sigas así, voy a acabar por pensar que no quieres ni verme.

—Pues ahora que lo dices...

—¡Cuidado, cariño! —recomendó Deke—, vas a herir mis sentimientos.

—¡Como si pudiera! —musitó Mary Beth—. ¿Has terminado ya? Tengo trabajo que hacer.

—Eso puede esperar. Vamos, te llevaré a tu casa y te pondré hielo.

—Deke...

—¡Maldita sea, Mary Beth...! —exclamó Deke dejando de hablar y tomándola en brazos.

—¡Deke McCall, suéltame inmediatamente! —gritó Mary Beth. Él la miró en silencio. Ella pataleó—. ¡Puedo andar!

—No, si no quieres hacerte más daño —sacudió él la cabeza—. Y deja de luchar, o te suelto y te caes al suelo —añadió en tono de advertencia, soltándola un instante para asustarla.

Mary Beth se agarró entonces a su cuello, sujetándose con fuerza. Deke sintió uno de sus pechos presionarse contra su torso. Aquel contacto lo excitó. Deke juró entre dientes y se preguntó cuánto tardaría en llevarla a su casa. Se apresuró al porche, caminando a grandes zancadas, y abrió la puerta. A pesar del aire acondicionado, sentía como si toda su piel ardiera.

Nada más entrar, los recuerdos lo asaltaron. Deke trató de acostumbrarse a la diferencia de luz, y miró a Mary Beth. Ella estaba pensando en lo mismo. La última vez que él había estado allí, habían hecho el amor. Tenía un grave problema.

Capítulo dos

Deke entró en el vestíbulo tratando de apartar de su mente los recuerdos de Mary Beth desnuda en sus brazos, pero fracasó. Estaba sudando. Saber que él no era el hombre que ella necesitaba hubiera debido bastarle para apartar las manos, pero no había sido así. Le había hecho el amor y la había abandonado, como un desgraciado.

Sí, hacía bien eso de herir a las personas. Mary Beth no merecía que nadie la tratara así. Merecía un hombre en el que poder confiar, no un estúpido vaquero cuya única meta en la vida era ganar el Campeonato Nacional de Rodeo. Hubiera debido ir a verla, llamarla por teléfono, disculparse. Pero no lo había hecho. Siempre había creído que Mary Beth era de las que buscaban el matrimonio, un final feliz, y por eso había decidido cortar por lo sano. Porque, si hubiera ido a verla, jamás habría podido abandonarla. Y él tenía sus metas. Tenía que ganar el campeonato. Por su padre.

Jacob McCall se había ido a la tumba pensando que su hijo lo odiaba, y Deke viviría cada minuto de su vida sabiendo que lo había decepcionado, sabiendo que era demasiado tarde para rectificar. Eso le contraía el pecho, lo desgarraba.

Toda la culpa era suya. A los quince años no era más que un cabezota. Tenía planes para ir con Becky Parsons al lago, donde por fin traspasarían ambos la barrera del jugueteo para pasar a la acción. Pero horas antes, ese mismo día, su padre lo había castigado sin salir por no hacer las tareas, perdiendo la paciencia. Por lo general Deke sabía camelarlo, pero aquella vez su padre no cedió. Deke se puso furioso. Solo podía pensar en encontrarse con Becky. Por eso se escapó. Cuando Jacob McCall lo descubrió, lo buscó y lo llevó de vuelta a casa. Violento y enfadado, Deke había acabado por decirle esas terribles palabras.

Al día siguiente, Deke seguía enfadado cuando sus padres salieron de viaje. Había abrazado a su madre y se había despedido de ella, pero se había negado a hablar con su padre. Horas después, ambos habían muerto al estrellarse su avión. Tras el funeral, de pie junto a la tumba de su padre, Deke había prometido resarcirlo, recompensarlo ganando el campeonato en su honor. Deke iba el primero en las puntuaciones, y no estaba dispuesto a permitir que nada ni nadie, ni siquiera Mary Beth, se entrometieran en su camino.

—Bueno, ya hemos entrado, suéltame —exigió Mary Beth.

—Enseguida —contestó él entrando en la cocina y retirando una silla para sentarla. Las manos de Mary Beth acariciaron accidentalmente su pecho. Deke juró en silencio. Era un error estar con ella—. Quédate ahí —ordenó de mal humor. Ella hizo un gesto de enfado. Irritado, Deke agarró otra silla y la retiró, dejando caer al suelo una pila de revistas que había encima—. Lo siento —musitó agachándose a recogerlas.

—No importa.

Deke apiló las revistas viejas, dejándolas sobre la mesa. Eran revistas de viajes. Agarró la silla y la colocó frente a ella, levantándole después con cuidado la pierna para ponerla encima.

—Tengo que ir a recoger a las vacas —afirmó ella.

—Tranquila, ya me ocuparé yo de que alguien las recoja —aseguró Deke—. Primero hay que conseguir que baje la hinchazón. Quédate donde estás.

—¡Esto es ridículo! —exclamó Mary Beth examinándose el tobillo—. No está tan mal. Además, para recoger vacas no hace falta apoyarse en el tobillo. Iré a caballo.

—¿Y si tienes que bajarte del caballo?

—No es para tanto, si tengo que caminar un rato.

—Sí, sí es para tanto. No creo que tengas el tobillo roto, pero no sería mala idea que te hicieran una placa de rayos X.

—No necesito rayos X —negó Mary Beth, pensando en la factura del médico que no podría pagar—. Solamente me lo he torcido.

—Bueno, yo me he torcido el tobillo miles de veces, y sé cómo curarlos. Las primeras veinticuatro horas son las más importantes. Si no consigues que baje la hinchazón, tardará más en curársete.

Mary Beth hizo un gesto de mal humor. Deke lo ignoró y comenzó a abrir armarios y cajones. Ella observó la cocina destartalada y se avergonzó del estado en que estaba todo. El suelo estaba terriblemente gastado, el horno era casi una reliquia. Las cortinas estaban viejas, de tanto lavar y planchar. Era lo último que había confeccionado su madre, antes de caer enferma.

Tras terminar los estudios, Mary Beth había decidido abandonar Crockett. Fue todo un revés para sus planes, el hecho de que su madre cayera enferma. Mary Beth se quedó en casa a cuidar de ella, pero los médicos tardaron meses en descubrir que se trataba de cáncer. Della luchó contra esa terrible enfermedad por espacio de seis años, pero el cáncer se extendió, acabando con sus escasas energías.

¿Qué estaría pensando Deke? Mary Beth se ruborizó. El rancho de su familia, Bar M, era grande y próspero. No tenía nada que ver con los escasos acres de terreno de Paradise.

Al enterarse de que su padre se había caído de un caballo, Mary Beth había dejado su empleo en San Antonio para volver a casa a ayudarlo. Él se había roto varias costillas, además de una pierna. Y una de ellas le había perforado el pulmón, causándole una neumonía. Incapaz de seguir adelante, Hank Adams había muerto poco después de la vuelta de su hija a casa.

Deke cerró un cajón con gran estruendo. Mary Beth contempló su trasero moviéndose por la cocina. Llevaba unos vaqueros gastados y apretados, muy provocativos.

—¿Qué estás buscando? —preguntó ella

—Un trapo, algo donde poner el hielo —Mary Beth señaló un cajón. Deke miró en esa dirección y lo abrió—. Esto servirá —dijo desdoblando el trapo y sacando hielo para estirarlo todo, metódicamente, sobre la mesa—. Aquí tienes —añadió poniéndoselo en el tobillo—. ¿Qué tal?

—Frío —respondió ella con una mueca de dolor.

—Claro —asintió él dando un paso atrás, satisfecho. El trapo se ladeó y cayó. Deke lo recogió y volvió a ponerlo en su sitio. Pero antes de que se apartara, volvió a caerse—. ¡Maldita sea!

—Yo lo sujetaré —dijo ella, alargando un brazo.

—¿Sí?, ¿cómo? No puedes estar así inclinada todo el tiempo, te daría dolor de espalda —contestó Deke tomándola de nuevo en brazos, antes de que pudiera protestar.

—¿Quieres soltarme? —preguntó Mary Beth con frustración.

—Enseguida —respondió Deke dejándola sobre el sofá, en el salón, y colocando una almohada bajo su pie—. Iré a buscar otra almohada para que estés más cómoda.

—No hace falta.

Mary Beth no quería ni pensar en la posibilidad de que él entrara en su dormitorio. La última vez que había estado allí, habían hecho el amor. Mejor dicho, habían gozado del sexo. Porque para Deke aquello no había significado nada. Se lo había demostrado claramente, marchándose a la mañana siguiente sin molestarse en despedirse o volver a llamar. Probablemente Deke solo sentía compasión. Sin duda, él se había sorprendido tanto como ella, al ver que le devolvía el beso. Y sencillamente se había aprovechado.

Pero para ella las cosas no habían sido así. La fuerte inclinación que siempre había sentido hacia él había salido a la luz, cuando Deke la estrechó en sus brazos, cuando la besó. Mary Beth siempre se había preguntado qué sentiría, manteniendo relaciones íntimas con él. Y en cuanto los labios de Deke rozaron los suyos, supo que no podía negarse el placer de descubrirlo. Hacer el amor había sido... increíble, tal y como había soñado.

—¿Qué? —preguntó ella, interrumpiendo el curso de sus pensamientos.

—Digo que ahora que ya tienes el hielo, podría darte algún analgésico contra el dolor —repitió él.

—Creo que tengo alguno en la cocina o en el baño, pero no te preocupes. Ya lo tomaré luego.

—Tienes que tomarlo ahora.

—Aprecio mucho tu ayuda, pero sé cuidar de mí misma. Estoy acostumbrada —insistió ella.

Sí, Mary Beth estaba acostumbrada a no depender de ningún hombre, a cuidarse sola. Su padre se había encargado de enseñarle esa lección. Jamás estaba disponible cuando lo necesitaba. Ni ella, ni su madre.

—Bueno, no creo que te venga mal que alguien te cuide, para variar —comentó Deke mirándola a los ojos—. Iré a ver a los caballos, y luego te buscaré ese analgésico.

Deke salió de la casa sin esperar la respuesta de Mary Beth. Desensilló los caballos y volvió. Luego buscó los analgésicos por los armarios de la cocina, observando cuánta falta hacía volver a pintar las paredes. El suelo estaba viejísimo. La casa debía tener más de setenta años y, lamentablemente, se notaba. El padre de Mary Beth no se había molestado en arreglarla. Deke sacudió la cabeza. Todo el rancho necesitaba reparaciones. Llevaba en Crockett pocos días, pero había oído rumores acerca de cuánto le costaba a Mary Beth mantener el rancho a flote, tras la muerte de su padre. ¿Cómo iba a hacerlo sola, y con un tobillo hinchado?

Mientras buscaba, Deke recordó las vacas perdidas y llamó por teléfono a Bar M. Su cuñada, Ashley, contestó. Deke le pidió que mandara a algún vaquero a reunir las vacas y arreglar la valla. Le explicó que Mary Beth se había torcido un tobillo y que iba a quedarse allí, a echarle una mano.

Al no encontrar los analgésicos en la cocina, Deke se dirigió al baño. Allí estaban. Llenó un vaso de agua y fue en busca de un par de almohadas. En el pasillo, las puertas de los dormitorios estaban cerradas. Deke fue a abrir la de Mary Beth, pero finalmente optó por la de su padre, figurándose que ella se habría cambiado de habitación. Nada más abrir, se detuvo en seco.

Olía a cerrado, las cortinas estaban echadas. Deke encendió la luz. La habitación estaba limpia y en orden. El armario estaba cerrado, la cama hecha. Pero algo no terminaba de encajar. Entonces comprendió. Había un par de zapatos de hombre en un rincón. Deke sintió que se le paralizaba el corazón. ¿Vivía Mary Beth con un hombre? No, no tenía sentido. Si vivía con un hombre, ¿dónde estaba?, ¿quién era? Los celos y la irritación hicieron presa de Deke, inexplicablemente. Pero conservó la calma.

Si Mary Beth vivía con un hombre, él habría oído rumores. Deke respiró aquella atmósfera enrarecida. Cediendo a la curiosidad, entró en la habitación. Sobre la cómoda, un reloj de pulsera de hombre junto con algo de dinero suelto y una navaja. Deke examinó aquellas cosas con el ceño fruncido. Abrió el armario. Estaba lleno de ropa de hombre. Y el suelo plagado de cajas de zapatos. Sobre el estante de arriba, más cajas. ¿Qué diablos significaba todo eso? Deke comprobó los cajones. Había pilas de ropa limpia ajada por el tiempo. En el baño adyacente había colonia, loción para después del afeitado, cepillo de dientes.

Entonces comprendió que Mary Beth no había tocado nada, desde la muerte de su padre. Y se quedó sin habla. Mary Beth seguía lamentándose amargamente. Deke se identificaba con ella. Podía comprenderla, porque él seguía luchando contra esos mismos fantasmas, mucho después de que su padre muriera también. Los demonios seguían persiguiéndolo.

Deke sacudió la cabeza. El hecho de que Mary Beth se aferrara a las pertenencias de su padre no era una buena señal. Él no era quién para mencionárselo pero, si no lo hacía, ¿quién lo haría? Mary Beth estaba completamente sola.

Deke abandonó el dormitorio y se dirigió al de Mary Beth. Nada más entrar, su fragancia única, femenina, lo asaltó. La habitación estaba ordenada, aunque la cama estaba sin hacer, como si se acabara de levantar. Deke observó aquella cama, recordando. ¿Por qué había sido incapaz de olvidarlo?, ¿qué tenía ella, que la hacía diferente del resto de las mujeres que había conocido?

Deke recogió las almohadas y volvió al salón. Mary Beth seguía tumbada, su aspecto era de fragilidad. Deke se acercó y la tocó en el hombro.

—Ah —murmuró ella, abriendo lentamente los ojos.

—Toma, bébete esto —ordenó él, tendiéndole el vaso y dos pastillas.

—Gracias —contestó ella antes de tragar—. Bueno, ¿satisfecho?

—Solo trato de ayudar —comentó él colocándole una almohada bajo la cabeza, y otra más, debajo del tobillo.

—Lo sé, lo siento —contestó ella al fin, mostrando algo de agradecimiento.

Deke dejó el vaso sobre la mesa, al lado de otra pila de revistas de viajes antiguas. Se quedó mirando una un momento y, finalmente, volvió la vista hacia ella.

—He llamado a Bar M. Un vaquero se ocupará de tus vacas y de reparar tu valla, así que no tienes de qué preocuparte.

—Aprecio tu ayuda, Deke, de verdad, pero tu familia ha hecho ya demasiadas cosas por mí.

—No es para tanto, somos vecinos —respondió Deke observando la tela envejecida del sofá.

—Sí, sí lo es.

—No exageres —contestó Deke.

—No exagero, no pretendo poner las cosas más difíciles. No soy tan complicada.

—¿No?, pues te aseguro que me has engañado —afirmó Deke sin dejar de mirarla a los ojos.

—Aprecio mucho lo que estás haciendo por mí, en serio. No estoy acostumbrada a que nadie me ayude.

—¿Como tu padre?

—Sí —contestó Mary Beth tras vacilar.

—Ha tenido que ser muy duro para ti.

Mary Beth tragó. Deke no podía comprenderla. Nadie podía saber que albergaba sentimientos negativos hacia su padre, por su falta de apoyo y cariño hacia ella. Para su vergüenza, ni siquiera había sentido deseos de volver a casa al enterarse de su accidente. Pero de no haber vuelto, la gente habría murmurado. Un silencio tenso llenó la habitación. Deke abrió la boca para decir algo, pero se detuvo, considerándolo mejor, y suspiró.

—¿Qué? —preguntó ella.

—¿Por qué no has hecho limpieza en el cuarto de tu padre? —preguntó Deke al fin.

—¿Qué... qué quieres decir?

—No pretendía husmear —se apresuró a defenderse Deke—, solo buscaba los analgésicos. Entré en el dormitorio de tu padre pensando que te habrías mudado allí.

—¿Has entrado en su habitación?

—Sí —asintió Deke—. Supongo que lo

has pasado muy mal.

—¿Al perder a mi padre, quieres decir? —Mary Beth no sabía qué contestar. Era cierto que lo había pasado mal, pero no tanto como con su madre. El dolor se había mezclado con ira y resentimiento. Resentimiento porque Hank Adams nunca la había querido—. Bueno, no he tenido tiempo. Lo primero es el rancho. Su habitación puede esperar.

—Pero han pasado dos años —señaló Deke—. ¿De verdad no has tenido tiempo de recoger sus cosas? —insistió en preguntar incrédulo, con la sensación de que ella retrasaba el momento de hacerlo, y preguntándose por qué.

—Acabo de decírtelo.

—No te pongas antipática —replicó él.

—No lo soy.

—Sí, lo eres.

Mary Beth cerró los ojos, luchando por no llorar. No podía permitir que Deke descubriera lo duro que estaba siendo mantener a flote el rancho. Su estúpida idea de sacarlo adelante la estaba hundiendo. Trató de controlarse, abrió los ojos y lo miró, respondiendo:

—Escucha, aprecio mucho lo que has hecho, pero estoy agotada y me gustaría descansar. Además, se está haciendo tarde —añadió mirando el reloj—. Seguro que tienes cosas que hacer.

—Creo que me quedaré por aquí un rato —afirmó él poniéndose cómodo en el sillón—. ¿Sabes?, quiero asegurarme de que estás bien —añadió pensando en prepararle algo para cenar.

—No es necesario —respondió Mary Beth bostezando y luchando por mantener los ojos abiertos—. Me pondré bien enseguida.

—Deja de discutir y descansa —sugirió Deke.

—No hace falta que te quedes —murmuró ella insistente, cerrando los ojos.

Quería que él se marchara. Quizá entonces su pulso recobrara la velocidad normal. Tener a Deke McCall cerca era peligroso. Aún se sentía atraída hacia él. Además, él solo se tomaba esas molestias porque se sentía obligado a hacerlo, como vecino. Deke McCall no era el milagro que ella esperaba.

Capítulo tres

La despensa de Mary Beth dejaba mucho que desear. Deke examinó las posibilidades: sopa de lata, arroz, salsa de espaguetis, macarrones y verduras enlatadas. Había buscado carne en la nevera, pero teniendo en cuenta sus escasas habilidades culinarias, Deke había preferido no dejar volar su imaginación. Optó por los macarrones y la salsa de lata.

Deke no sabía muy bien por qué había decidido quedarse a cuidar de Mary Beth, sobre todo teniendo en cuenta que ella no deseaba su compañía. Quizá se sentía culpable. Sí, se sentía culpable. Pero no podía cambiar el pasado. Lo único que podía hacer era asegurarse de que no volvía a hacerle daño.

Quizá también se quedara por lujuria. Sí, su mente llegaba al fin al meollo de la cuestión. Aún se sentía atraído hacia ella. Solo de pensar que estaba tumbada en el sofá, se ponía a fantasear. Pero lo mejor era calmarse, volver a lo que tenía entre manos. Antes de que hiciera algo que tuviera que lamentar.

Como, por ejemplo, besarla. Sí, tendría muchos problemas, si no dejaba de pensar en besarla. Al principio se había quedado para ayudarla, pero tras pasar la tarde vigilando su estado, Deke había comenzado a acercarse a ella solo para contemplarla. Y desearla.

El sonido del agua hirviendo lo alertó. Deke apagó el fuego y buscó el pan. No había, así que se dirigió a la nevera. Antes de abrir, una foto pegada a la puerta le llamó la atención. Tomada a la luz de la luna, la escena parecía completamente fuera de lugar, en aquella cocina vieja. «México... una experiencia mágica», rezaba el anuncio. Bajo la magnífica luna llena, a orillas del vibrante golfo, dos amantes se abrazaban sobre la arena.

Deke examinó los bordes rasgados de la foto. Evidentemente, había sido arrancada de una de aquellas revistas viejas. ¿Planeaba Mary Beth marcharse de vacaciones? Eso debía ser, a juzgar por el montón de revistas. ¿Pero cómo? No era propio de Mary Beth, ella siempre había sido muy sensata. Era imposible que planeara gastar dinero en unas vacaciones cuando el rancho necesitaba tantas reparaciones.

¿O se equivocaba?, ¿de verdad la conocía? En el fondo tenía que admitir que no. De niños, jamás habían sido amigos. A decir verdad, para él había sido siempre, simplemente, su vecina. Pero después de hacer el amor había pensado muy a menudo en ella. Sobre todo había soñado con volver a hacerlo, y eso lo había asustado. Y su punto de vista acerca de las relaciones con las mujeres no había cambiado. Estaba mejor solo. De ese modo, era imposible que defraudara a nadie.

Como a su padre. Sí, se sentía culpable. Vivir con la culpa lo obligaba a alejarse de las mujeres con encajes blancos y mente soñadora. Mujeres como Mary Beth.

Deke abrió la nevera. Había una lata de galletas caducada, pero decidió abrirla y cocinarlas en el horno. Deke puso la mesa, sirvió té helado que encontró en la nevera y, con la cena lista, fue a ver si Mary Beth seguía dormida.

Lo estaba. Ella se dio la vuelta, y la camiseta se le levantó, enseñando el ombligo. Deke la contempló largamente, de arriba abajo. Su piel parecía suave, de satén. Los vaqueros se le ajustaban a las caderas, Deke no podía dejar de pensar en su diminuto lunar, en lo alto del muslo. Lo cierto era que había viajado tanto, centrándose en la competición, que no había tenido tiempo de hacer vida social. Necesitaba a una mujer.

Urgentemente. Pero esa mujer no podía ser Mary Beth, así que se acercó a ella anhelante y deseoso, pero con prudencia.

—Mary Beth —la llamó, en voz baja. Ella no se movió. Tendría que tocarla. Le sudaban las manos. De todos modos, estaba deseando encontrar una excusa para hacerlo. Deke se agachó y sacudió su hombro—. Vamos, cariño, despierta.

—¡Deke! —exclamó ella despertando lentamente, mirándolo a los ojos y sentándose—. ¿Qué estás haciendo tú aquí? —preguntó poniéndose nerviosa.

—Me he quedado para ayudarte.

—No hacía falta —contestó ella arreglándose el pelo revuelto—. Como ves, estoy perfectamente bien.

—Sí, eso dices todo el tiempo. Ven —añadió Deke tendiéndole una mano—, te ayudaré a llegar a la cocina. Te he preparado la cena.

—¿Qué?

—No te entusiasmes, aún no la has probado —sonrió él.

—Puedo andar —insistió Mary Beth, tratando de empujarlo para que no la tocara.

—¿Me tomas el pelo? —sonrió Deke tras lanzar un suspiro de frustración, sujetándola hasta llegar a la cocina, donde ella se dejó caer sobre una silla, frente a la mesa.

—¿A qué huele?

—¡Maldita sea! —exclamó Deke corriendo al horno a sacar las galletas—. Creo que se han quemado —añadió colocándolas en un plato, sobre la mesa.

—No están malas —comentó ella dando un mordisco—. No era necesario que hicieras todo esto, Deke.

—Me estaba entrando hambre, y pensé que a ti también —repuso Deke encogiéndose de hombros y sentándose en la mesa.

—Sí, tengo hambre, y esto tiene un aspecto delicioso.

Deke dejó la galleta y permaneció inmóvil. Era la primera vez que Mary Beth sonreía desde que él había llegado, y esa sonrisa tenía un inmenso poder sobre él. Sus cabellos, revueltos tras haber dormido, le hacían desear acariciarlos y enredar los dedos, y esa idea, a su vez, lo tentaba a...

—¿Ocurre algo? —preguntó Mary Beth observándolo.

—¿Qué? —parpadeó Deke—. No, lo siento. Estaba... pensando. ¿Piensas irte de viaje?

—No, ¿por qué?

—Lo digo por la pila de revistas que tienes ahí —contestó Deke señalándolas—, y por la foto de México de la nevera. Pensé que quizá estuvieras planeando salir de viaje.

—No, no voy a ninguna parte —sacudió la cabeza ella, ruborizada.

—¿Tuviste que cancelar algún viaje, antes de venir aquí? —continuó preguntando Deke.

—No —negó ella sin dejar de comer.

Probablemente era ridículo guardar aquellas revistas, pero se había pasado la vida deseando escapar de Crockett. A menudo soñaba con otras ciudades, otros países... cualquier lugar, excepto aquella casa. Pero se negaba a admitir ante Deke que solo quería que el rancho fuera un éxito para poder marcharse. Teniendo en cuenta el estado en que se hallaba todo, él se habría echado a reír. Mary Beth lo miró con el rabillo del ojo. Deke seguía esperando una explicación.

—Me gusta ver esas revistas, eso es todo. Después de trabajar todo el día en el rancho, me ayuda a relajarme.

—¿En serio? —preguntó Deke escéptico, sin terminar de creerla. Estaba convencido de que había algo más que ella no le había contado. Y lo demostraba el hecho de que se hubiera ruborizado—. Tengo que probarlo.

—¿Te parece divertido? —preguntó ella viéndolo guiñar un ojo, sonriente, y creyendo que le tomaba el pelo.

—En absoluto. No he estado nunca en México, pero reconozco que es atractivo eso de tumbarse en la arena —explicó señalando la foto con la cabeza y volviéndose loco, ante la idea de estar así, con ella.

—Sí, bueno... —Mary Beth se aclaró la garganta, comprendiendo—, guardo la foto por el paisaje —aseguró tratando de no dejar volar su imaginación.

—¡Ah! —exclamó Deke terminando el té—. ¿Qué te parece, cariño?, ¿quieres huir conmigo a México? —preguntó en tono de burla, sin poder evitarlo.

—¿Y dejar solas a todas esas rubias que te persiguen en los rodeos? —preguntó a su vez Mary Beth, bromeando—. Jamás se me ocurriría. He oído decir que si eres de los campeones, las chicas te persiguen a montones.

Deke abrió inmediatamente la boca para negarlo, pero se calló. Era cierto que había miles de mujeres en los rodeos, no estaba ciego. Pero esas mujeres eran otra cosa, no podían compararse con Mary Beth. Buscaban pasárselo bien, no un final feliz.

—No creas todo lo que oigas —respondió Deke al fin, cambiando de tema. No quería que la opinión de Mary Beth acerca de él empeorara aún más—. Si has terminado, recogeré todo esto —añadió levantándose.

—No hace falta, yo me ocuparé después —se apresuró a contestar Mary Beth.

—Tranquila, no tardaré nada.

—Deke...

—¿Tienes que discutirlo todo?

—¿Tienes que ser tú tan obstinado? —contraatacó ella.

—Escucha —continuó Deke tras contar hasta diez—, ¿por qué no vas al salón a ver la televisión? Yo me ocuparé de esto, y después me apartaré de tu vista —Mary Beth esbozó un gesto de incredulidad. Deke se llevó una mano al pecho y añadió—: Te lo prometo.

—Está bien, me voy a la cama —suspiró Mary Beth pesadamente, cediendo. Deke la agarró del brazo. Ella se levantó, deseosa de demostrarle que podía caminar, pero el dolor del tobillo la hizo gritar—: ¡Ah!

—Aguanta —recomendó Deke tomándola en brazos—. Y no digas ni una palabra —Mary Beth obedeció. Él la llevó al dormitorio y la depositó en la cama—. Te dejaré para que te cambies, pero no te levantes de la cama. Cuando estés lista, llámame. Te ayudaré a ir al baño.

—Sí, señor —respondió Mary Beth con un saludo militar.

Mary Beth lo observó salir de la habitación. ¿Qué diablos le ocurría? Solo tenía que aguantar, darle las gracias y esperar a que saliera de su vida exactamente igual que había hecho dos años atrás. Pero no, no podía hacerlo. En lugar de ello, hacía todo cuanto estaba en su mano para provocarlo.

Mary Beth salió de la cama, saltó a la pata coja hasta el armario y sacó el camisón y la bata. Sabía que Deke podía volver en cualquier momento, así que se apresuró a cambiarse. Pero en lugar de llamarlo como él le había ordenado, se dirigió al baño dando saltos.

En pocos minutos se lavó la cara y los dientes, se asomó por la puerta y, aliviada al no verlo, volvió al dormitorio a la pata coja. Pero a medio camino tropezó y apoyó el pie herido. No pudo evitar gritar. Antes de que pudiera levantarse del suelo, oyó los pasos de Deke.

—¡Maldita sea, Mary Beth, te dije que esperaras! —exclamó él, arrodillándose para tomarla en brazos y llevarla al dormitorio—. ¡Eres la mujer más testaruda que he conocido nunca!

—Solo trataba de...

—Sí, ya lo sé —la interrumpió Deke—, querías hacerlo sola —continuó dejándola sobre la cama y sentándose a su lado, sin soltarla—. ¿Te encuentras bien?

—Sí —susurró ella consciente de lo maravilloso que resultaba su contacto, y de lo íntimo del lugar en el que se hallaban.

Mary Beth admiró sus cabellos rubios

mientras Deke le acariciaba los brazos con sus enormes manos, buscando heridas. Estaba tan cerca, que podía ver cada uno de sus mechones. Con un pequeño movimiento, lo habría estrechado en sus brazos. Deke comprobó que no se había hecho daño y alzó los ojos hacia ella. Sus miradas se encontraron. Entonces él se sintió incapaz de pensar. Su fragancia lo rodeaba, arrebatándole incluso el aliento. Debía dejarla marchar. Habría sido lo más inteligente. Pero Deke no podía pensar más que en besarla.

—Escucha, lamento haberte gritado —se disculpó él, con voz ronca.

—No importa —respondió ella, hipnotizada.

—Sí, sí importa. Llevas una temporada pasándolo muy mal. Debí mostrarme más paciente —declaró Deke bajando la vista hacia sus labios, perfectamente esculpidos—. No tienes por qué ser «superman», Mary Beth. No es un crimen dejar que otros te echen una mano —añadió observando lágrimas en sus mejillas.

—No... no puedo.

Mary Beth se interrumpió y volvió la cabeza a un lado, incapaz de pronunciar palabra sin echarse a llorar. Pero no iba a humillarse delante de él. Deke no pudo soportar la derrota que observó en sus ojos.

Pero ahí estaba: derrota, y desesperación. Tomó su rostro entre las manos y la obligó a mirarlo.

—Aguanta, Red —susurró acariciando su mejilla, utilizando aquel apodo a propósito para provocar su ira—. Todo saldrá bien.

—¡No te atrevas...!

—A llamarte Red —terminó él la frase por ella, sonriendo—. Sí, lo sé —añadió escrutando su rostro y viendo en él que la ira había desaparecido.

—Gracias.

—De nada —contestó él, serio—. Mary Beth...

Mary Beth sacó la lengua para lamerse los labios. Entonces él la agarró de la nuca y la atrajo hacia sí. Ella abrió los labios, y sus alientos se mezclaron. La boca de Deke se acercó poco a poco. La besó suave, brevemente. Y luego otra vez, ejerciendo mayor presión. Deke sintió el fuego arder en su interior. Ella alzó la palma de la mano, posándola sobre su pecho. Deke tuvo que reprimirse para no subirse a la cama y desnudarla allí mismo.

Profundizó el beso, deslizando la lengua en la boca de Mary Beth. Ella gimió largamente, anhelante. Y eso bastó para romper el hechizo. Deke se apartó bruscamente y se puso en pie. Y juró en silencio, con el sabor de Mary Beth aún en la boca. ¿Qué había estado a punto de hacer?

Aquella maldita costumbre de consolar a Mary Beth se le escapaba de las manos. Deke abrió la boca para decir algo, pero fue incapaz de pronunciar palabra. Y entonces hizo algo impensable, por segunda vez en su vida: se marchó de allí.

Capítulo cuatro

Debería haberse mantenido lejos de ella. Solo había conseguido volver a hacerle daño, pensó Deke cerrando los ojos, cegado por sol de primera hora de la mañana. De camino a Paradise, Deke vaciló un instante, apoyando el pie en el freno. Finalmente decidió hacer caso omiso a su sensatez, apretando el acelerador. Aquello era lo correcto, solo iba a comprobar si Mary Beth estaba bien.

Porque no podía estar lejos de ella.

No, no era esa la razón, argumentó en silencio. Ella estaba sola. Era lo menos que podía hacer. Y además tenía que disculparse. Se lo debía. Sin embargo solo podía pensar en abrazarla y hacerle el amor. Deke se juró a sí mismo no volver a pensar en aquel beso, pero el recuerdo lo perseguía. La había besado conscientemente. En el fondo, solo quería demostrarse a sí mismo que podía superarlo. Pero se había equivocado.

Deke aparcó y se quedó inmóvil, tratando de reunir coraje. Podía subirse a un toro salvaje sin pensarlo dos veces. ¿Por qué enfrentarse a Mary Beth le parecía mil veces peor? Porque le había hecho daño. Otra vez.

Deke sintió un nudo contraerle el pecho, y comprendió que había dado con la verdadera razón. La mirada dolida que Mary Beth le había dirigido lo había perseguido toda la noche. Apenas había logrado dormir, estaba ansioso e irritable. Pero se proponía rectificar. Decidido a disculparse, Deke salió de la camioneta. Entonces vio algo. Era Mary Beth, saltando a la pata coja.

—¡Mary Beth!

Ella lo miró y apartó la vista. Deke echó a caminar, alzando la vista al cielo. La tormenta del día anterior aún no había caído, y por la expresión del rostro de Mary Beth, era evidente que iba a tener que enfrentarse a dos.

Mary Beth desapareció, dando la vuelta a la casa. Otra vez Deke McCall. ¿Qué estaba haciendo allí?, ¿y por qué su corazón se empeñaba en palpitar? ¿Cómo se atrevía a aparecer otra vez? El día anterior, por un momento, había creído que él había cambiado. Pero Deke solo fingía ayudarla, mentía al decir que quería asegurarse de que estaba bien. Y ella, estúpidamente, lo había creído y había bajado la guardia. Entonces él la había besado.

Tras dos años sin verlo apenas, Mary Beth

había sabido poner su corazón a buen recaudo. Pero Deke había echado abajo todas sus defensas, con un simple beso. Y no estaba dispuesta a dejar que volviera a hacerle daño. Mary Beth subió las escaleras del porche como pudo, consciente de que Deke la seguía. Sacó un vaso, abrió la nevera y lo llenó de agua. Entonces oyó abrirse la puerta.

—¿Qué demonios estás haciendo caminando? —exigió saber Deke, entrando en la cocina y quitándose el sombrero—. Mary Beth...

—¡No te atrevas a gritarme! —exclamó ella soltando la jarra de agua de golpe sobre la encimera.

—No lo haría, si tú no me obligaras a ello —replicó Deke.

—Me acusas de...

—No —la interrumpió él, bajando la voz—, no pretendía acusarte, pero tienes que dejar de apoyar ese pie.

—¿Qué estás haciendo aquí, Deke? —preguntó Mary Beth sin moverse.

—Quería hablar contigo —contestó él, amilanado ante el tono de voz frío de ella.

—Bien, habla. No voy a impedírtelo —repuso Mary Beth, aún de espaldas.

—¿Podrías mirarme? —preguntó él respirando hondo, deseoso de ver su rostro para calibrar su reacción.

—No me debes ninguna explicación.

—Sí, te la debo —le contradijo Deke. Ella siguió ignorándolo, pero Deke no estaba dispuesto a disculparse en esas condiciones—. Mírame.

Mary Beth tomó el vaso de agua y comenzó a beber. Deke juró entre dientes. Quería terminar cuanto antes, sentirse liberado de su culpa y marcharse. Necesitaba concentrarse en la competición. Deke iba en cabeza, pero seguido muy de cerca por los dos siguientes. No necesitaba más problemas, ni podía permitirse el lujo de distraerse. Aquel año tenía una verdadera posibilidad de ganar el título de campeón en Las Vegas.

—Mary Beth —imploró Deke, suavizando el tono de voz. Ella dejó el vaso en la mesa, pero no se dio la vuelta—. Por favor...

Deke alzó un brazo para tocar su hombro justo cuando ella se giraba. La ira y la humillación eran patentes en su rostro. Y el dolor. Deke dejó caer la mano. Él era el causante, pensó mientras la culpa carcomía su corazón. Él era el responsable de esa expresión de sus ojos. En ese momento, y dos años antes. Y Mary Beth no iba a ponérselo fácil. Deke se sentía tan bajo como puede sentirse un hombre. ¿Por qué hería siempre a los demás?

—Solo quería... hablar contigo.

—Muy bien, tienes toda mi atención.

—Lo siento, Mary Beth —se disculpó por fin él—. No debería haber huido así.

—¿En cuál de las dos ocasiones, Deke? —preguntó Mary Beth sin parpadear—. ¿Anoche, o hace dos años?

La pregunta lo había herido. Mary Beth vio un brillo de arrepentimiento en sus ojos. ¿Por qué, sin embargo, no se sentía triunfante?, ¿por qué no se apuntaba un tanto, o recuperaba al menos en parte su dignidad?

—Anoche —contestó Deke solemne, incapaz de hablar de lo ocurrido dos años atrás—. No es por ti, te lo juro. Soy yo.

—Vaya, gracias, Deke. Eso me hace sentirme mucho mejor —respondió Mary Beth con una falsa sonrisa—. Y ahora que has conseguido sacártelo del pecho, puedes marcharte.

—Pensé que quizá pudiera echarte una mano —repuso Deke molesto al ver que ella apenas le prestaba atención—. No deberías caminar.

—No, gracias.

—Podría echar un vistazo al rancho, ayudarte en tus tareas. Solo hoy.

—¿No tienes que volver al rodeo?

—Sí, mañana.

—No quiero tu ayuda.

—Pero la necesitas.

—No quiero depender de nadie —lo rechazó de nuevo, en un último esfuerzo por mantener su dignidad—. Y menos aún de ti.

—Pues a tu padre nunca le costó aceptar ayuda.

Mary Beth abrió la boca perpleja. ¿Cómo se atrevía? Era cierto que Hank Adams siempre había corrido en busca de la ayuda de otros rancheros, pero ella no se parecía a él. En absoluto. Además, le dolía que hablara mal de él.

—Deja a mi padre fuera de este asunto —advirtió ella—. El hecho de que me ayudes un día no va cambiar en nada las cosas. Cuando te marches, volveré a estar sola.

—Sí cambiará algo, se te curará antes el tobillo. Puedo ayudarte a encontrar a alguien que sustituya a Clyde.

—No lo tengo tan mal, puedo hacer mis tareas —repuso Mary Beth sin confesar que no tenía dinero para contratar a otro vaquero.

—Déjame verlo —dijo Deke levantándole la pierna y quitándole la bota, sin darle tiempo a protestar—. ¡Maldita sea, Mary Beth, todavía lo tienes hinchado!

—Está mejor que ayer.

—Quizá, pero debes tomártelo con calma. Ve al salón y túmbate —ordenó él serio. Ella no se movió—. Ahora. Te llevaré hielo

—Mary Beth abrió la boca para protestar—: Hazlo, o te llevo en brazos.

Mary Beth cerró la boca indignada. Sin decir palabra, le quitó la bota y salió de la cocina con la cabeza bien alta. Deke la observó. Era muy obstinada. ¿Pero por qué eso le resultaba atractivo? Deke preparó el hielo y se dirigió al salón. Ella estaba sentada en el sofá, con la pierna levantada. No dijo nada, cuando él se acercó. Pero Deke sintió su mirada helada.

—Mantén la pierna levantada —ordenó él, poniéndole el hielo—. Voy a salir un rato, pero volveré a comprobar cómo estás.

Deke no esperó la respuesta de Mary Beth. En lugar de tentar al destino, quedándose con ella, salió a terminar la tarea que ella estaba haciendo. Al entrar en el establo comprobó que ni siquiera había dado de comer a los caballos. Buscó el heno, pero solo quedaba medio fardo. Tendría que preguntarle dónde almacenaba el resto.

Horas después, Deke volvió a entrar en la casa sin saber a ciencia cierta qué recibimiento lo aguardaría. Había pasado toda la mañana atendiendo a los caballos y a las vacas, y había encontrado otro agujero en la valla. Para cuando había encontrado las herramientas y terminado de arreglarlo, estaba muerto de hambre.

—¿Qué tal estás? —preguntó sentándose en el sofá, a cierta distancia, y quitándose el sombrero.

—Mejor —contestó ella enfadada.

—Bien, vamos a ver. Sí, parece que mejora.

—Te he preparado la comida —informó Mary Beth seria—. Tranquilo, he tenido mucho cuidado —añadió, sin darle tiempo a responder—. Lo puse todo encima de la mesa y me senté a cocinar. Hay sopa caliente en el horno. Es de lata, pero era lo único que tenía.

Mary Beth había mirado por la ventana y había visto que la camioneta de Deke seguía aparcada fuera. No esperaba que él se quedara tanto tiempo, y suponía que debía tener hambre. Aquello complació a Deke. Era lo primero que ella hacía por él, desde que habían vuelto a encontrarse. Además, demostraba que había estado al tanto de sus movimientos, y eso le gustaba.

—Tengo hambre, desde luego —sonrió Deke—. ¿Y tú?, ¿has comido?

—No, no tengo hambre.

—Vamos, acompáñame —sugirió Deke poniéndose en pie y tendiéndole la mano.

La primera reacción de Mary Beth fue rechazar su ayuda, pero inmediatamente rectificó, pensando que si accedía, él se marcharía antes. No cometería la estupidez de confiar en él, puesto que antes o después la dejaría sola, pero dejaría que realizara las tareas del rancho por un día.

Mary Beth tomó su mano y se levantó. La fragancia de Deke la envolvía, así que de inmediato se soltó y guardó las distancias. Le gustó que Deke guardara silencio, mientras trataba de llegar sola a la cocina. De todos modos él se mantuvo cerca.

—Los sándwiches están en la nevera —indicó ella.

Deke los sacó y los puso sobre la mesa. No eran de carne, como habría sido lógico a la hora de la comida. Una vez más, Deke se preguntó por el estado financiero de Mary Beth. Sirvió hielos y sacó el té helado de la nevera. Luego destapó la sopa y colocó cuencos y platos para los dos.

—He encontrado otro agujero en tu valla —mencionó Deke tomando asiento—, ya lo he reparado. Las vacas están bien, pero si te parece las llevaré a otro pasto mañana. Creo que donde están han acabado con todo.

—Muy bien.

—¿No comes? —preguntó Deke—. Puede que no tengas hambre, pero tienes que comer. Y, a decir verdad, no me gusta comer solo. Bastantes veces tengo que hacerlo en la carretera. Es agradable compartir la comida con alguien que no sea uno de los chicos del rodeo.

—Está bien —accedió Mary Beth preguntándose si no comía en compañía de mujeres—. Deberías estar en tu casa, con tu familia. Me siento mal, reteniéndote aquí.

—No me estás reteniendo —rio Deke—. En el rancho todo el mundo está ocupado. No dejan de trabajar para entretenerme, cuando vengo de visita.

—La semana pasada vi a Matt en el pueblo —mencionó Mary Beth—. Ha crecido mucho desde que vino aquí a vivir.

Mary Beth había conocido al sobrino de Deke un año antes, cuando el chico, de trece años, llegó a Crockett buscando a su padre, al que jamás había visto. Matt le había preguntado a Mary Beth dónde vivían los McCall, mientras hacía auto-stop. En aquel entonces ella no sabía que Catherine, la madre de Matt, había sido la novia de Jake, ni que él la había abandonado para volver a casa, cuando se vio obligado a cuidar de sus hermanos tras la muerte de sus padres.

—Sí —convino Deke dando un sorbo de té—, ya tiene quince años, está deseando sacarse el carné de conducir. Catherine es la directora del instituto.

—Sí, lo he oído decir —contestó Mary Beth—. Hace mucho tiempo que no hablo con Ashley. ¿Qué tal están los niños?

—¿Los gemelos? Son increíbles. Ashley está muy ocupada, entre ellos y Taylor, el mayor. Pero es una madre fantástica.

Tras salvar a Ashley del asalto de un borracho, Ryder había pasado la noche con ella. Su intención no era arrebatarle la virtud, pero cuando poco después supo que estaba embarazada, le propuso mudarse a vivir a Bar M hasta que naciera el niño. Al final ambos habían acabado enamorándose, casándose y teniendo gemelos.

El hecho de que Ashley se fuera a vivir al rancho había sido uno de los acontecimientos más positivos para la familia McCall. Sobre todo para Deke. A él le encantaba tener a una mujer cerca, y Ashley lo adoraba. Mary Beth era muy consciente del cariño con el que Deke hablaba de Ashley. Celosa, trató de cambiar cuanto antes de conversación:

—Conocí a la hermana de Catherine en la boda de Jake. Parecía encantadora.

—Sí —sonrió Deke, provocando en ella celos de nuevo—. Bethany se marchó a Virginia después de la boda. Yo la llevé al aeropuerto, de camino a San Antonio —comentó Deke tomando su tercer sándwich—. Es una chica encantadora, se parece mucho a Catherine.

—Yo solo hablé con ella unos minutos.

—Va a venir por primavera —informó Deke terminándose el sándwich—, entonces la conocerás mejor. ¡Ah, a propósito! —continuó cambiando de conversación—, he gastado todo el heno. Si me dices dónde almacenas el resto, lo llevaré al establo.

—Sí, ya sabía que se estaba acabando —comentó Mary Beth jugando con la cuchara, tensa.

—¿No tienes más?

—Iba a comprar, hace un par de días —confesó Mary Beth sacudiendo la cabeza y suspirando.

—¿Es que no lo has plantado este año? —preguntó Deke curioso y extrañado.

—Bueno, no he tenido mucho éxito. Iba a comprarlo al pueblo, hasta que se me estropeó la camioneta. Traté de arreglarla, pero no conseguí que arrancara. Clyde iba a echarle un vistazo —explicó Mary Beth encogiéndose de hombros—, pero... Supongo que se me olvidó encargar que me trajeran el heno —mintió, sabiendo muy bien que no tenía dinero.

—Yo no soy mecánico, pero le echaré un vistazo —propuso Deke poniéndose en pie y llevando su plato al fregadero—. Si no consigo averiguar qué le pasa, llamaré a mi cuñado Russ. Apuesto a que él sí sabe, ha tenido miles de empleos.

Russ era el marido de Lynn, hermana de Deke. Ambos vivían en un rancho a unos diez minutos en coche de Bar M. Deke volvió a la mesa y recogió el plato de Mary Beth, sin dejar de preguntarse por su situación financiera.

¿Cómo era posible que se hubiera olvidado de encargar heno? Deke sospechaba que no tenía dinero, pero no estaba seguro. Y si ese era el caso, estaba dispuesto a prestárselo. Deke abrió la boca para hacer la oferta, pero volvió a cerrarla sin pronunciar palabra. Quizá fuera mejor esperar a estar seguro, antes de llegar a conclusiones precipitadas.

—Por favor, no lo llames. No lo molestes —insistió Mary Beth, reacia a involucrar a otra persona más.

—No te preocupes —contestó Deke acercándose y alzando su rostro para mirarla a los ojos—. Deja ya de fruncir el ceño, o te saldrán arrugas.

Deke solo pretendía bromear, aligerar la tensión. Pero nada más tocar su rostro, todo su cuerpo respondió. Mary Beth lo miró fijamente. No esperaba que él la tocara. Un intenso anhelo la embargó.

—Procuraré recordarlo —sonrió ella, tragando.

Deke sintió el deseo desatarse en él, pero lo último que necesitaba era relacionarse de nuevo con Mary Beth. Con toda seguridad, eso complicaría las cosas. Sin embargo tenía la sospecha de que sería inevitable.

Capítulo cinco

Deke llevó la camioneta de Mary Beth a la sombra. No era un vehículo demasiado antiguo, pero tampoco había pisado un taller a menudo. Su aspecto era destartalado y viejo. Aunque pudiera arreglarlo, no era muy seguro. Podía estropearse en cualquier momento, en cualquier carretera secundaria.

Deke consideró una vez más la situación financiera de Mary Beth. Se le había acabado el heno, tenía la despensa casi vacía. Y para colmo todo en el rancho pedía a gritos una reparación. O bien a Mary Beth no le importaba, o bien tenía problemas muy graves.

De haber tenido sentido común, Mary Beth habría vendido el rancho. Era una buena tierra, con posibilidades. ¿Por qué se aferraba a ella? Mary Beth era muy testaruda. Y tremendamente sexy.

Sí, muy sexy. Deke solo podía pensar en hacerle el amor. Tenía recuerdos eróticos de la noche que habían pasado juntos. Se acordaba de cada detalle. Y verla despertaba esa atracción.

Sí, quería hacerle el amor pero, ¿y qué? Seguía sin poder ofrecerle nada. Deke soltó un grito al tocar un cable y recibir corriente. Enseguida comprobó que la batería no era el problema. No obstante, lo mejor era cambiarla en cuanto llegara el invierno. Deke sacó el medidor del aceite y sacudió la cabeza. Estaba negro y medio vacío.

¿Necesitaba alguna prueba más del estado financiero en el que se hallaba Mary Beth?, ¿qué más cosas le urgían, que no le hubiera contado? Quizá ni siquiera pudiera pagar a Clyde. ¿Era esa la razón por la que él se había marchado?

Deke continuó revisando el motor mientras planeaba el modo de comprobar si sus sospechas eran ciertas. Le sugeriría a Mary Beth que comprara otra camioneta, y observaría su reacción. El problema del vehículo resultó ser el alternador. Deke tomó su camioneta para ir al pueblo y comprar otro, y decidió de paso comprar heno. Seguramente a Mary Beth no le gustara, pero ahorraría dinero, evitando que se lo llevaran a casa.

Nada más volver, Deke almacenó el heno en el establo e instaló el nuevo alternador. Observó el cielo nublado y olió la fragancia a lluvia, a punto de caer. Luego bajó la vista al suelo, seco y hecho terrones. No le vendría mal el agua.

Años atrás, Deke y sus hermanos habían instalado un sistema de riego en Bar M. No todos los rancheros disponían de recursos para hacerlo. Deke observó las secas tierras de Mary Beth. Era una lástima, que Hank Adams no hubiera dispuesto de tiempo o de dinero para instalarlo en Paradise. Con los debidos cuidados, aquel rancho podía convertirse en uno de los mejores de los alrededores. Hasta él se habría sentido orgulloso.

Deke apretó una última vez la tuerca y subió a la camioneta, esperando que arrancara. Giró la llave y el motor rugió. Apagó, y volvió a arrancar. Funcionaba. De camino a la casa de Mary Beth, oyó un trueno. Comenzó a llover justo cuando entraba.

Había pasado la tarde fuera a propósito, decidido a demostrarse a sí mismo que podía resistirse a la tentación. Pero había sido una pérdida de tiempo, pensó mientras se apresuraba a entrar, llamándola. Deke entró en el salón buscándola, sin saber que Mary Beth estaba dormida. Ella dio un salto y lo miró.

—Lo siento, no quería despertarte.

Mary Beth se estiró lentamente, moviendo el cuerpo de un modo provocativo, aunque inconsciente, y elevando los pechos hacia él. Aquella fue una verdadera prueba para

Deke, que se quedó mirándola casi con la lengua fuera. Al fin y al cabo, era humano.

—No importa —contestó ella restregándose los ojos y sentándose.

—¿Qué tal el tobillo?

—Creo que va mejorando, apenas me duele —dijo Mary Beth quitándose el hielo para que él lo viera. Deke se agachó a comprobarlo. La hinchazón había cedido—. ¿Qué hora es?

—Casi las seis —respondió Deke mirándola de arriba abajo.

—¿Y has estado todo el tiempo arreglando la camioneta? —preguntó Mary Beth observando las manchas de aceite de su camiseta.

—No exactamente. Necesitaba una pieza de recambio, así que fui al pueblo. Terminé de arreglarla justo cuando empezaba a llover —informó Deke sin mencionar que había comprado también heno, para evitar que se enfadara.

—¿Qué pieza? —preguntó Mary Beth, mientras comenzaba a oírse el ruido de las gotas de lluvia sobre el tejado.

—El alternador. La camioneta funciona, pero deberías cambiarle la batería en cuanto llegue el invierno. Y no le vendría mal que también le cambiaras el aceite.

—Sí, ya sé que no está en buen estado

—repuso Mary Beth ruborizándose—, pero no he tenido tiempo de ocuparme de eso.

Lo cierto era que Mary Beth quería arreglar el vehículo, pero no podía hacerlo hasta no haber pagado primero la hipoteca. Deke se enderezó y se apartó, temeroso de cometer el error de acercarse demasiado. Apoyó el hombro sobre la pared y comentó, con naturalidad:

—Pues no lo dejes, y échale aceite. Con eso bastará, de momento. O mejor aún, ¿por qué no cambias de camioneta?

—Me gusta la mía —mintió Mary Beth—. No quiero deshacerme de ella.

Deke escrutó su rostro. Mary Beth estaba toda colorada. Era inútil que se esforzara, no podía creerla. Sin embargo Deke lo dejó pasar, respondiendo:

—Bueno, la decisión es tuya.

—Aprecio mucho el que te hayas molestado en arreglarla, Deke. ¿Cuánto te debo? —preguntó Mary Beth conteniendo el aliento, mientras se ponía en pie.

—Dame la cena y asunto arreglado —sugirió Deke sonriendo.

—Puedo pagarte —afirmó Mary Beth, reacia a aceptar su caridad y a estar más tiempo con él.

—Yo no he dicho que no pudieras —repuso Deke acercándose a ella lo suficiente

67

como para oler su fragancia, y poder resistirse sin embargo a besarla—. Bueno, ¿qué hay de la cena? Creo que está lloviendo bastante, así que será mejor que me quede hasta que pare —añadió, a modo de excusa, para quedarse.

—No sé qué tengo de cena —respondió Mary Beth con sinceridad.

—No importa, no soy exigente. ¿Te importa si tomo una ducha rápida?

Antes de que Mary Beth pudiera responder, Deke se quitó la camiseta sucia. Al ver su torso desnudo, ella sintió que se le quedaba la boca seca. Tenía la piel morena, los hombros anchos y fuertes, los músculos duros. Y el pecho ligeramente cubierto de vello rubio. Mary Beth lo devoró con la mirada de arriba abajo, conteniendo el aliento. Tiempo atrás, la noche en que hicieron el amor, ella había sido libre de tocarlo y acariciarlo íntimamente, de recorrer todo su cuerpo con las manos. Y deseaba volver a hacerlo.

—Mmm... no, claro —se apresuró ella a contestar, apartando la mirada—. Quizá pueda encontrarte una camisa limpia.

—Estupendo, pero no empieces a hacer la cena hasta que salga de la ducha, para que pueda ayudarte —advirtió Deke desapareciendo por el pasillo.

Instantes después, Mary Beth oyó la puerta del baño cerrarse y el agua de la ducha correr. Le temblaban las piernas, el corazón le palpitaba. Apenas sabía dónde buscar la camisa. Pero podía hacerlo. Sencillamente, tenía que guardar las distancias. Mary Beth entró en el dormitorio de su padre. El olor a cerrado, los amargos recuerdos la asaltaron. Apenas había entrado allí en dos años. Abrió un cajón, sacó una camisa y salió. Y, nerviosa y vacilante, se acercó al baño. ¿Debía dejar la camisa en la puerta, o entrar y arrojarla en cualquier parte?

Mary Beth se planteó la posibilidad de entrar. ¿Acaso se había vuelto loca? Quizá pudiera ver su cuerpo desnudo tras el cristal lleno de vaho de la ducha. Sí, lo deseaba.

¿Pero qué pensaría él?, ¿qué pensaría, si entraba y se ofrecía, desnuda, a él?, ¿era capaz? ¿se sentía capaz de tener otra aventura con Deke, sabiendo que no volverían a estar juntos nunca más?, ¿estaba dispuesta a arriesgar una vez más su corazón?

Deke se marcharía pronto, quizá al día siguiente. ¿Cambiaría las cosas, el hecho de que hicieran el amor? De un modo u otro, ella abandonaría Crockett.

Mary Beth se sentía incapaz de abrir aquella puerta. El pulso se le aceleraba, mientras se inclinaba sobre ella. Respiró profundamente, cerró los ojos, y dejó volar su fantasía, cayendo en un estado de ensoñación..

Se imaginó a sí misma entrando en el baño, desnudándose provocativa y lentamente. Luego imaginó que abría la puerta de la ducha y se quedaba ahí, desnuda, delante de él. La expresión de Deke, de sorpresa y deseo, le causaba un enorme placer.

Mary Beth jamás había tomado una ducha con un hombre, y la imaginativa fantasía del agua, deslizándose por la piel, encendió en ella un deseo íntimo y apasionado. Su respiración comenzó a acelerarse hasta casi jadear, mientras se veía a sí misma en brazos de Deke...

—¡Ah! —exclamó al ver que la puerta del baño se abría y caía hacia delante, contra el pecho de Deke

El exquisito contacto le arrebató el aliento. Perpleja, Mary Beth alzó el rostro. Se había perdido de tal modo en aquella fantasía, que ni siquiera había oído cerrarse el grifo. Él la abrazó, evitando que cayera.

—¡Whoa!

—Estaba... mmm... te he traído una camisa —tartamudeó Mary Beth toda ruborizada, aferrada a la camisa, aplastada entre los cuerpos de ambos.

—Me gusta tu servicio de entrega —murmuró él sin sonreír, con ojos ardientes de deseo, sin apartar la vista de su boca.

Mary Beth permaneció quieta, anticipándose a lo que iba a suceder. Era una estúpida, invitándolo a compartir la intimidad de un beso, pero no podía resistirse. Ella abrió la boca sugerente. Deke inclinó la cabeza poco a poco. Sus alientos se mezclaron durante unos segundos infinitos, antes de que él la besara.

El placer de sentir los labios de él, de sentir su lengua en la boca, la invadió por entero. Mary Beth gimió. La pasión que sentía por Deke la embargaba, la hacía temblar. Y su beso la mareó. La fragancia erótica, puramente masculina, mezclada con la del gel, invadió sus sentidos. Mary Beth se aferró a los brazos de Deke, se puso de puntillas y sintió la lengua de él embestirla otra vez.

Aquello era delicioso. De pronto guardar las distancias dejó de tener importancia. La piel de Deke, húmeda aún, estaba caliente bajo las palmas de sus manos. Apretada contra él, Mary Beth podía sentir su cuerpo masculino excitado. Tenía los pechos hinchados, los pezones tensos. Deke acarició lentamente su espalda hasta abrazar su trasero y luego la estrechó contra sí.

De pronto él alzó el rostro y apartó la boca. Mary Beth se puso nerviosa. Sabía qué ocurriría a continuación. El corazón pareció hundírsele, mientras esperaba verlo desaparecer. Deke saldría por la puerta exactamente igual que lo había hecho la noche anterior, exactamente igual que dos años atrás.

—Me prometí a mí mismo que nuestra relación sería platónica, pero si sigues besándome así... —susurró Deke, interrumpiendo la frase y lanzando un gemido.

La intensidad de la mirada de Deke le aceleró el pulso, mientras el aire frío helaba sus labios mojados. Aún podía saborearlo, pensó Mary Beth sintiendo que le fallaban las rodillas.

Hasta ese momento, Mary Beth había mantenido en secreto su atracción hacia él. El día anterior, después del beso, Deke se había marchado tan precipitadamente que ella estaba segura de que su secreto seguía a salvo. Pero antes de que Mary Beth tuviera tiempo de recapacitar, Deke hizo algo que la sorprendió y la dejó sin aliento. La estrechó contra sí y apoyó la barbilla sobre lo alto de su cabeza, con la respiración tan agitada como la de ella, y dijo:

—Cariño, si fuera a quedarme en Crockett te tumbaría en el suelo y te daría placer hasta que me rogaras que te poseyera.

La voz de Deke había sonado tan gutural, que no cabía la menor duda acerca de lo que sentía. Mary Beth no le dijo, sin embargo, que eso era precisamente lo que había estado a punto de hacer. El hecho de que él confesara abiertamente su deseo la dejaba anonadada, le impedía pensar. Sentir que la tocaba, que la abrazaba, era un éxtasis total.

Pero también sería letal, si hacían el amor.

Mary Beth sacudió la cabeza. En lugar de soñar con una aventura que no llegaría a ninguna parte, debía alegrarse de que él hubiera sido capaz de controlarse antes de que llegaran demasiado lejos. Sus sentimientos hacia él eran demasiado profundos.

—¡Promesas, promesas! —bromeó Mary Beth con voz ronca mientras, en lugar de ceder a sus deseos, se apartaba de Deke y le tendía la camisa.

—Voy a quedarme —afirmó él tomándola de la mano. Deke esperó a que Mary Beth lo mirara a los ojos, y añadió—: A cenar.

Mary Beth asintió y volvió a la cocina, y Deke se puso la camisa. Ella trató de concentrarse en la cena, abrió la nevera, examinó lo que había dentro, y comentó:

—Creo que tengo filetes. Si los freímos lentamente, se descongelarán.

—Estupendo.

—¿Te gusta el arroz? —Deke asintió—. Conozco una receta estupenda de arroz con judías. Puedo prepararla mientras se fríen los filetes.

Mary Beth sirvió dos vasos de té. Estaba muy nerviosa. Consciente de ello, Deke le quitó los filetes para ayudarla. Al besarla, ella se había excitado tanto como él, pensó. Resultaba muy interesante. Quizá fuera una estupidez quedarse, atormentándose y reprimiéndose para evitar ponerle las manos encima, pero era incapaz de marcharse.

—Yo haré los filetes, tú ocúpate del arroz.

—Bueno, ¿y qué tal te va en el rodeo? —preguntó Mary Beth tendiéndole una sartén.

—Bien.

—¡Venga, vamos! Leí un artículo en el periódico hace unas semanas, y decía que ibas en cabeza.

Deke frunció el ceño. ¿Era sarcasmo, lo que había creído notar en su voz? Estaba acostumbrado a las bromas de sus hermanos, en los que siempre, a pesar de todo, sabía vislumbrar el orgullo que sentían por él. Incluso se había acostumbrado a los comentarios de Catherine y Ashley, que lo habían obligado a prometer que se pondría siempre un chaleco protector. Por alguna razón que no podía explicar, Deke quería saber la opinión de Mary Beth a propósito del rodeo. ¿Lo creía un irresponsable?, ¿le importaba lo que le sucediera?, ¿lo creía un loco, por pasarse la vida subido al lomo de un toro?

—Sí, es cierto —contestó escuetamente, encogiéndose de hombros.

—Bueno, ir en cabeza no está nada mal, ¿no? —insistió Mary Beth, ocultando una sonrisa.

—Voy en cabeza, pero eso no quiere decir que vaya a permanecer en ese puesto mucho tiempo —explicó Deke metiendo los filetes en el horno—. Con una vez que falle, si otro lo hace mejor, me pondré a la cola. Por eso es por lo que tengo que ir a Houston mañana. Tengo a dos pisándome los talones. Si no aparezco, pierdo el puesto. Y puede que me ganen, de todos modos, si no lo hago bien —terminó de explicar Deke, consciente de que era muy probable, ya que no podía dejar de pensar en Mary Beth.

—¿Cómo es? —preguntó Mary Beth echando el arroz en el agua hirviendo y tapando la cacerola—. Me refiero a montar a un toro.

—Increíble —contestó él sonriendo, con los ojos brillantes—. Te sube la adrenalina casi tanto como cuando haces el amor.

—Compórtate —advirtió Mary Beth, a punto de atragantarse con el té—, o te mando a casa sin cenar. ¿Por qué montas toros? —preguntó abriendo una lata de judías y echándolas en un cuenco, con manos temblorosas. No podía ser por dinero, teniendo uno de los ranchos más prósperos de Texas—. ¿Es por el prestigio? —Deke negó con la cabeza, distante. Su actitud despertó la curiosidad de Mary Beth, que continuó—: Siempre me he preguntado qué puede inducir a un hombre a vivir tan peligrosamente.

El desprecio de Mary Beth por los vaqueros que vivían peligrosa e irresponsablemente, compitiendo en los rodeos, era patente en su voz. Ella siempre había creído que eran personas superficiales y débiles, personas que vivían solo por la emoción de la competición, sin preocuparse de nadie.

¿Pero era cierto? Deke había demostrado precisamente todo lo contrario. Era atento, amable, y parecía verdaderamente preocupado por ella. Podría haberse quedado en su casa, pero había acudido a ayudarla.

—Yo no pienso en el peligro.

—¿Cómo empezaste?, ¿siempre quisiste competir en los rodeos?

—Bueno, siempre me fascinó montar, así que convencí a mi padre para que me dejara. Él me permitió entrenar —sonrió Deke, con cierta tristeza—. Hasta su muerte, jamás se perdió una sola competición.

—¿Pero por qué sigues compitiendo? —insistió Mary Beth, presintiendo que había algo que él no le había dicho—. Cada vez que te subes a lomos de un toro, arriesgas la vida —Deke permaneció en silencio, observándola apagar el fuego. Mary Beth continuó—: Te han herido muchas veces, ¿no?

—Sí, es peligroso —comentó Deke encogiéndose de hombros.

Deke siguió hablando, describiéndole algunas de sus hazañas y contándole cómo había resultado herido, sin darle ninguna importancia a los huesos rotos, a las ligaduras torcidas, o a los puntos. Pero Mary Beth sabía que esas heridas habían sido graves. Había oído rumores. Y siempre había escuchado atenta. ¿Acaso Deke no sabía que podía sufrir una herida permanente que le impidiera andar? O, peor aún, ¿no sabía que el toro podía matarlo? Mary Beth sintió que se le contraía el corazón.

Deke alzó la vista en ese momento y vio la expresión de angustia de Mary Beth. Angustia y preocupación. E inmediatamente se sintió embargado de emoción.

—¿Durante cuánto tiempo más piensas seguir compitiendo, Deke?, ¿cuánto más vas a arriesgar tu vida?

—Hasta que gane el campeonato —contestó él apartando la vista, conmovido ante la sinceridad brutal de la pregunta.

—¿Por qué es tan importante para ti? —siguió preguntando Mary Beth mientras servía la comida, incapaz de comprender.

—Quiero ganar el campeonato antes de que sea demasiado mayor como para competir.

—No eres mayor —repuso Mary Beth mientras ambos se sentaban a la mesa—. Solo tienes un par de años más que yo, que cumpliré veintiséis el jueves —añadió sin darse cuenta.

—¿Veintiséis, eh? —preguntó Deke, tomando nota—. ¿Este jueves?

—No tiene importancia —repuso ella—. Es un día como otro cualquiera.

Y así sería, pensó con tristeza. Durante casi toda su vida adulta, jamás había tenido a nadie con quien celebrar una fecha tan especial. Desde la muerte de su madre, las fiestas y cumpleaños los pasaba en soledad. Era un hecho con el que había aprendido a convivir.

Mary Beth terminó de comer en silencio. Deke se preguntó por qué se había puesto triste al mencionar su cumpleaños, y apartó el plato vacío.

—Hay más arroz, si quieres —repuso Mary Beth.

—Estaba delicioso, pero estoy lleno —respondió él dándose golpecitos en el estómago y mirando el reloj—. ¿Qué pretendes?, ¿llenarme hasta que no pueda subirme a un toro? —añadió poniéndose en pie.

—¿Funcionaría? —sonrió ella.

—Sé lo que hago —afirmó él, serio.

—Si tú lo dices.

Mary Beth comprendió que él se marchaba, así que se puso en pie y llevó los platos al fregadero. Se limpió las manos en un paño y se volvió hacia él, tratando de no demostrarle cuánto había disfrutado con su compañía. Deke dejó que su vista la recorriera lentamente, de arriba abajo, despertando de nuevo, instantáneamente, el deseo en él.

—Será mejor que me vaya a casa a hacer la maleta —repuso Deke echando a caminar en dirección a la puerta, tras recoger su sombrero.

—Gracias por todo —contestó ella siguiéndolo al porche. Deke se volvió para mirarla por última vez. La lluvia no había cedido. Los rayos iluminaban de pronto el cielo negro—. Puedes quedarte, hasta que deje de llover.

Deke estuvo tentado de hacerlo. Estaba excitado, no podía pensar en nada más placentero que satisfacer su lujuria enterrándose profundamente en ella. Pero no podía volver a utilizarla. Durante los dos años transcurridos desde que hicieron el amor, ella había llegado a significar para él mucho más que un simple revolcón. Y tenía que marcharse, antes de que significara mucho más.

—Tengo que marcharme.

Mary Beth apartó la vista. ¿Significaba eso que tenía que marcharse al rodeo, o que tenía que alejarse de ella? Deke observó su expresión, sombría por momentos. Tenía el pecho contraído, ansiaba poder borrar la tristeza del rostro de Mary Beth. Incapaz de reprimirse, alargó los brazos y la estrechó. Mary Beth se abrazó a él sin vacilar, apretándose contra él y enterrando el rostro en su pecho. Sus brazos lo rodearon por la cintura con fuerza.

—Cuídate —susurró ella, comenzando a apartarse.

—Voy a darte un beso de despedida —dijo él sujetándola, observando cómo la tristeza de sus ojos se trasformaba en deseo.

Mary Beth entreabrió los labios mientras él inclinaba la cabeza y la poseía con una voracidad casi desesperada. La satisfacción que aquel beso le produjo fue tan increíblemente poderosa que Deke no pudo evitar un gemido. Su necesidad de saborearla una última vez sobrepasaba con creces la voluntad de reprimir sus emociones y mantenerlas bajo control. Deke profundizó en el beso y Mary

Beth se colgó de él. Excitado, anhelante de ella, Deke exploró su boca con la lengua dejando que su cálida humedad lo envolviera. El gemido suave y delicado de placer que ella emitió le hirvió la sangre.

Podía sentir sus pechos contra el torso. Deke movió una mano hacia uno de ellos y lo abrazó, encontrando el pezón duro y excitado. Lo acarició con los dedos, y ella presionó las caderas contra él, contra su erección, volviéndolo loco de placer.

Deke apartó la boca de ella. Aquello estaba mal. Si no paraba, no sería capaz de separarse de ella. Tenía la respiración agitada, su pecho subía y bajaba. Deke la estrechó unos breves instantes y la dejó marchar. Mary Beth no era de esas chicas a las que les gusta un revolcón. Ni ningún revolcón podría satisfacer la imperiosa necesidad de él.

Mary Beth lo observó salir de su vida una vez más. Igual que dos años atrás.

No, exactamente igual no. En aquella ocasión no se había acostado con él. Aunque hubiera querido. Verlo marcharse dolía, pero era un dolor mil veces más soportable, que volver a enamorarse. Otra vez.

Capítulo seis

Mary Beth alzó la vista al techo, en medio del silencio, a primera hora de la mañana. La casa vacía la atenazaba. El sol comenzaba a vislumbrarse a través de las cortinas. El aislamiento, la completa soledad, eran casi insoportables.

Era el día de su cumpleaños. Solo eso. Además, debería estar acostumbrada. Alzó una mano y se enjugó una lágrima. Era una pérdida de tiempo, sentir lástima por uno mismo. ¿Era compañía lo que echaba de menos, o solo a Deke? No, no era a Deke. Su imagen se dibujó en su fantasía. Llevaba ausente cinco días. Mary Beth apretó los puños. ¿Por qué seguía tumbada, pensando en él?

—Deberías estar agradecida a tu suerte, por el hecho de que se haya ido —dijo en voz alta, esforzándose por levantarse de la cama—. En lugar de estar lamentándote, como una adolescente.

Fatigada por las tareas del rancho, Mary Beth se dirigió al baño. Los días se le hacían largos y duros, tratando de cumplir con todo el trabajo. No podía seguir sin ayuda. Dos días antes había puesto un anuncio en el periódico, buscando un empleado. Pero era una pérdida de tiempo, porque solo podía pagar el sueldo mínimo. No le sorprendería que nadie contestara.

Tras ducharse, Mary Beth se dirigió a la cocina. Tomó café y cereal y salió al porche. La tierra comenzaba por fin a secarse, tras tres días de lluvia. Mary Beth entró en el establo y se detuvo bruscamente. Cada vez que veía la pila de heno contra la pared, pensaba en Deke. Al pedirle que lo invitara a cenar, ella no tenía ni idea de la cantidad de heno que había comprado. Tenía la intención de mandarle un cheque, pero llegaba a casa todos los días tan cansada, que era incapaz del más mínimo esfuerzo.

Mary Beth dio de comer a los caballos y los metió en la cerca, comenzando a limpiar los establos. Estaba a punto de terminar cuando oyó el ruido de un motor. Se quitó los guantes y salió, dándose sombra con la mano. De pronto se detuvo bruscamente.

Era Deke. Paralizada, Mary Beth lo observó aparcar. Él salió del vehículo y la llamó. ¿Qué estaba haciendo allí? El corazón se le aceleró nada más verlo. Y la velocidad de sus latidos casi se triplicó, cuando él dio la vuelta a la camioneta con aquel caminar lento y sexy.

Muy sexy. Definitivamente, su corazón estaba en peligro.

Mary Beth trató de calmarse. Entonces los vio. Eran dos manchas en blanco y negro, que saltaron del coche y comenzaron a correr excitados, dirigiéndose a ella y ladrando. Mary Beth sonrió. Se arrodilló y saludó a los perros.

—¡Eh, hola! —ambos perros competían por lograr su atención. Ella los acarició a los dos en la cabeza, en el lomo—. ¡Vaya, qué suaves!

—Si supiera que a mí también me ibas a recibir así, vendría más a menudo —señaló Deke parándose frente a ella, con una amplia sonrisa.

—¿En serio? —respondió ella, alzando la vista—. Bueno, supongo que tengo que practicar un poco, eso de dar la bienvenida —añadió notando, con un estremecimiento, cómo él contemplaba su boca.

—Puedes empezar ahora, si quieres —comentó él abriendo los brazos, como ofreciéndose en sacrificio.

—Yo no he dicho que fuera a practicar contigo —respondió Mary Beth sonriendo, sin poder evitarlo. Deke frunció el ceño. Mary Beth se alegró de haber resistido la tentación. No sabía qué hacía Deke allí, pero sí que no iba a quedarse mucho tiempo—:

¿Qué haces aquí?, ¿y de dónde has sacado a estos dos?

—Son estupendos, ¿verdad? —preguntó a su vez Deke acercándose, mientras uno de los perros saltaba sobre él.

Deke no tenía planeado en absoluto volver a visitar a Mary Beth, pero había sido incapaz de quitársela de la cabeza. No había quedado el primero en la lista de puntuaciones del rodeo, pero su posición tampoco era mala en el recuento total. Durante su última noche allí, se había parado delante de una pareja con tres chicos pequeños que llevaban un cartel, anunciando que estaban dispuestos a regalar aquellos dos perros pastores a quien quisiera llevárselos a un buen rancho.

Curioso, Deke se había acercado a entablar conversación. Entonces se había enterado de que se mudaban, y de que no podían llevarse a los perros consigo. Deke había pensado inmediatamente en Mary Beth e, incapaz de contenerse, se había ofrecido a llevárselos. La misión era puramente altruista.

Sin embargo, nada más verla, su libido había despertado. Mary Beth estaba aún más guapa de lo que recordaba. Y la sonrisa de su rostro le hacía sentir que el largo viaje había merecido la pena.

—Sí, estupendos —respondió ella limpiándose la nariz, tras lamérsela un perro.

—Siéntate —ordenó Deke a uno de los perros. Ambos obedecieron, alerta, con las bocas abiertas—. Este es Lightning. ¿Lo ves? Tiene una mancha blanca en la cabeza que parece un rayo. Y este otro es Lady.

—Son perros pastores, ¿no? —preguntó Mary Beth. Deke asintió, sin dejar de observarla—. Son preciosos, pero creía que los pastores tenían el pelo largo.

—Son un cruce, por eso no tienen el pelo ni tan largo ni tan espeso —explicó Deke—. Sabía que te gustarían.

—¿Sí? —inquirió Mary Beth, sosteniendo su mirada.

Deke se puso en pie y asintió, esperando que ella hiciera lo mismo. Mary Beth se enderezó y se volvió hacia él, con expresión curiosa. Entonces él añadió:

—Feliz cumpleaños.

—¿Qué? —preguntó ella, boquiabierta.

—Hoy es tu cumpleaños. No te habrás olvidado, ¿no?

—No, pero... —Mary Beth sacudió la cabeza, atónita, incapaz de creer que Deke hubiera hecho un largo viaje solo para felicitarla.

—Bueno, yo tampoco —continuó Deke, explicando cómo había conocido a los perros en el rodeo—. No querían deshacerse de ellos, pero tampoco querían llevarlos a vivir a la ciudad, teniendo en cuenta que se han criado en un rancho.

—¡Ah, qué lástima! —comentó Mary Beth, aún incrédula.

—Se alegraron mucho cuando les dije que podía llevarlos a vivir a un rancho.

—Ha debido ser muy duro para ellos separarse.

—Sí, pero les aseguré que contigo estarían perfectamente bien.

—¿Y has hecho un viaje tan largo, solo para traérmelos?, ¿por mi cumpleaños? —preguntó Mary Beth, conmovida y con los ojos llenos de lágrimas.

—Pues sí —confesó Deke aclarándose la garganta, omitiendo que también lo había hecho porque no podía dejar de pensar en ella.

—Has sido muy amable, Deke. De verdad —dijo Mary Beth reprimiendo el deseo de llorar, y volviendo la atención hacia los perros—. Te lo agradezco mucho pero, ahora mismo no puedo quedarme con ellos. Estoy demasiado ocupada manteniendo el rancho a flote.

Mary Beth observó a los perros, aún sentados el uno al lado del otro, mirándola con aquellos ojos color chocolate, deseosos de captar su atención. No quedárselos le desgarraba el corazón, pero no podía mantenerlos. Deke la observó, notándolo.

—¿Sabes algo de los perros pastores?

—No, solo sé que son muy inteligentes.

—¡Lightning, Lady! —los llamó Deke tomando a Mary Beth de la mano en dirección al establo.

—¿Adónde vamos? —preguntó ella mientras los perros los adelantaban.

—Observa —ordenó Deke soltándola y llevando a los perros al establo—. Voy a enseñarte cuánto te va a gustar tener a estos dos perros contigo.

Mary Beth sabía que eso era fácil. Le encantaban aquellas dos criaturas, que además le harían mucha compañía. Pero aparte del problema económico, realmente no tenía tiempo para ocuparse de ellos. Deke entró en el establo mientras ella se quedaba junto a la valla, sin apartar la vista de los tres. Los caballos comenzaron a moverse inquietos. Deke llamó a los perros, que corrían por el establo. En cuestión de minutos Mary Beth quedó fascinada, observando trabajar a los dos animales.

Mediante una serie de órdenes y gestos, Lightning y Lady reunieron a los caballos en el centro del establo. Se tomaban su trabajo muy en serio, corriendo atrás y adelante hasta conseguirlo. Luego, tras otra orden, se quedaron quietos guardándolos como buenos pastores.

—Saben trabajar —gritó Deke en dirección a Mary Beth—. Pueden hacer de pastores de casi cualquier animal. Podrían ayudarte con las vacas.

—¡Dios mío! —exclamó Mary Beth atónita, casi sin habla—. ¡No puedo creer lo que han hecho!

—Tendrás que vigilarlos, para que no trabajen demasiado —advirtió Deke—. Vamos, chicos —gritó llamando a los perros, que enseguida se lanzaron a sus piernas, ansiosos. Deke los acarició—. Les encanta su trabajo, y a veces no pueden parar. Es fácil aprender las órdenes que hay que darles —añadió saliendo del establo—. Yo te las enseñaré. Además, dominan su trabajo tan bien, que casi no tendrás ni que dárselas. Solo tienes que aprender cuándo y cómo llamarlos, para que sepan que eres el jefe —terminó, mirando a Mary Beth expectante—. Bueno, ¿qué te parece?

—No sé qué decir. Quiero decir que… no puedo creer que hayas hecho una cosa así.

Conmovida, Mary Beth sintió que se le hacía un nudo en la garganta mientras se acercaba a él. Alargó una mano para tocarlo, pero luego se detuvo, incapaz de confiar en sí misma. Hacía mucho tiempo que nadie le daba muestras de tanta amabilidad. Se sentía dividida entre el deseo de reír y llorar.

—Necesitaban una casa, y tú necesitabas ayuda —señaló Deke encogiéndose de hombros—. Te van como anillo al dedo. Además, te harán compañía —añadió Deke, tratando de convencerla—. Aquí estás muy aislada.

—No creo que te viniera de camino, pasar por aquí —comentó ella tratando de no darle excesiva importancia y de no cargar de significado el gesto.

—Iba en dirección a Lubbock, al siguiente rodeo —contestó él, como si le pillara de paso. Deke se dirigió a su coche, pero se detuvo a esperarla. Los perros lo siguieron sin que les diera ninguna orden—. Paré en el pueblo a comprarles comida. No sabía si tendrías tiempo de hacerlo tú.

—Aún te debo el heno —contestó ella corrigiendo su opinión de Deke. No era el hombre imprudente e irresponsable que había creído—. Te haré un cheque por todo, antes de que te marches.

—Eso ya lo arreglamos —le recordó él, cargándose el saco de comida para perros al hombro—. Me diste la cena, ¿no te acuerdas?

—Esa cena no puede resarcirte del gasto. Cuando me dijiste que habías comprado heno, no tenía ni idea de que hubieras comprado tanta cantidad.

—Un trato es un trato —contraatacó él, dirigiéndose a la casa. Mary Beth lo siguió, tratando de mantener su paso—. Pondré esto en el porche de atrás.

Mary Beth corrió a abrirle y sujetarle la puerta. Entraron en casa, y los dos perros los siguieron con perfecta soltura, como si aquel fuera su hogar. Deke dejó el saco en el suelo y se dio la vuelta para mirarla.

—Bueno, ¿vas a quedártelos? —preguntó Deke mientras los perros husmeaban a su alrededor, para desaparecer acto seguido.

—Parece que se encuentran como en su casa.

—¿Eso es un sí?

—Sí —asintió Mary Beth, con ojos brillantes por las lágrimas—. Gracias, Deke. Ni siquiera recuerdo la última vez que alguien se acordó de que era mi cumpleaños. Y menos aún que me hicieran un regalo.

Una lágrima resbaló por la mejilla de Mary Beth. No quería llorar, pero tanta generosidad y atención la enternecían. Violenta, se enjugó la lágrima con el dorso de la mano.

Deke no pudo reprimirse, necesitaba tocarla. Alargó una mano y la tomó por la nuca, enredando los dedos en los cabellos y acariciando el cuello con el pulgar.

—No pretendía hacerte llorar.

—No es por ti —aseguró ella. Apenas los separaban unos centímetros. Mary Beth podía sentir el calor del cuerpo de Deke, mientras notaba cómo el suyo aumentaba—. Quiero decir... sí es por ti, pero... —Mary Beth se mordió el labio, vaciló y después, como si fuera lo más natural del mundo, se acercó a él. Apoyó la palma de la mano en su pecho y rozó con los labios los de él, susurrando—: Gracias.

Mary Beth comenzó a apartarse, pero él deslizó el brazo por su cintura y la sujetó. Ella se puso alerta. Era perfectamente consciente de su cuerpo masculino, de cuánto lo deseaba, de cuánto necesitaba estar en sus brazos. Deke la tomó de la barbilla para que lo mirara, manteniendo los ojos intensamente fijos sobre ella.

—De nada —murmuró observándola en silencio, controlándose. Mary Beth sabía lo que él deseaba. Ella deseaba exactamente lo mismo—. No he venido a seducirte —suspiró él.

—¿No? —preguntó Mary Beth con ojos inquisitivos, ruborizada.

—Puedo tener sexo siempre que quiera —añadió él tomándola de la barbilla.

—Ah —contestó ella tensa, tratando de soltarse.

—No quiero herirte, Mary Beth —continuó él, sujetándola.

Mary Beth suspiró, comprendiendo al fin. Él la deseaba pero, igual que la primera vez, la abandonaría nada más hacer el amor. Apreciaba su sinceridad, pero lo cierto era que no esperaba nada de él. Deke acarició su labio con el pulgar. Mary Beth entreabrió la boca y chupó ese dedo, mientras lo miraba.

—Está bien —susurró ella, accediendo.

Era su cumpleaños, y no quería estar sola. Merecía ser feliz aquella noche, pensó. Estar con Deke desvanecería su soledad. Y no tenía por qué significar nada más. ¿No merecía la pena sacrificar su orgullo, por unas cuantas horas con él?

Mary Beth comenzó a respirar agitadamente, mientras él inclinaba la cabeza y la besaba. Ella se abrazó estrechamente contra él. Sus pezones se pusieron tensos, al sentir que él estiraba las piernas y la colocaba a ella a horcajadas. Mary Beth exhaló un gemido de placer. Él alzó sus labios y ella inhaló aire, antes de que Deke volviera a besarla en profundidad. La lengua de Deke invadió su boca, incrementando el deseo dentro de ella.

—Quiero estar dentro de ti —dijo él con voz ronca, tensa, y casi desesperada.

Mary Beth no esperaba tanta pasión desgarrada por su parte. Aquello la hizo estrecharse aún más contra él. Deke buscó su trasero con las manos y la abrazó, apretándola contra sí. Ambos gimieron.

Deke le sacó la camiseta de los vaqueros, quitándosela. Los cabellos de ella cayeron en cascada sobre los hombros, mientras él buscaba el broche del sujetador y lo desabrochaba.

—Te he visto así, en mi imaginación, un millón de veces —murmuró él sin dejar de besar toda su piel.

Antes de que Mary Beth pudiera asimilar aquella confesión, Deke lamió su cuello hasta llegar a un pezón. Y la besó, succionando ambos pechos por igual. Ella cerró los ojos. Las caricias de su lengua eran tan exquisitas, tan increíblemente maravillosas, que Mary Beth se echó a temblar. Todo su cuerpo parecía derretirse, al calor de la pasión.

Deke la levantó en brazos, besándola todo el camino en dirección al dormitorio. Quería tenerla en la cama, quería hacerle el amor hasta conseguir sentirse satisfecho. Quizá entonces pudiera volver a concentrarse en el rodeo.

Deke entró en el dormitorio, cerró la puerta y la posó sobre la cama. Mary Beth lo observó desabrocharse la camisa y quitársela. Sediento de ella, se tumbó encima y la besó con pasión. Ella lo rodeó con los brazos por el cuello, tirando de él para estrecharlo. Deke gimió de satisfacción al sentir sus pechos contra el torso.

Sin dejar de besarla, Deke le desabrochó los vaqueros. Deslizó las manos por dentro de la ropa interior y comenzó a palpar. Mary Beth estaba húmeda, su cuerpo respondía a la pasión. Deke introdujo varios dedos en su interior, y ella comenzó a mover las caderas sintiendo que una ola de éxtasis inundaba su cuerpo. No podía pensar en nada, excepto en lo maravillosamente perfecto que era estar con Deke. Él continuó proporcionándole placer mientras le quitaba las botas, los vaqueros y la ropa interior.

—Deprisa —susurró ella con voz suplicante.

—Ya me doy prisa —contestó él con voz ronca, quitándose las botas a toda velocidad.

Inmediatamente después siguieron los vaqueros. Deke no podía apartar los ojos de ella. Verla tumbada en la cama, preciosamente desnuda y observándolo, con los ojos entreabiertos, llenos de deseo, era más de lo que podía soportar. Mary Beth estaba tan excitada, tan deseosa, que Deke casi olvidó ponerse una protección. De inmediato buscó en su cartera, abrió el paquete y se lo puso, volviendo con ella y abriéndole las piernas.

Al penetrarla, Mary Beth lo recibió con un suave suspiro, comenzando casi de inmediato a moverse lentamente contra él. Su cuerpo lo abrazaba a la perfección. Tan ajustadamente, que casi parecía hecha para él.

En ese momento Deke supo que jamás volvería a ser el mismo. Pero era demasiado tarde para dar marcha atrás, demasiado tarde para salvarse. La necesitaba, necesitaba verla volverse loca por él. Deke la embistió siguiendo el ritmo de Mary Beth, creando un intenso placer para los dos. Ella cerró los ojos y se aferró a él, clavándole los dedos en el músculo mientras alcanzaba la cima. Él abrazó su trasero y se enterró profundamente en ella. Cuando Mary Beth gritó su nombre, Deke apretó los dientes y se unió a ella en un mundo de éxtasis.

Poco después, mientras seguía en sus brazos, Mary Beth notó que Deke comenzaba a estar inquieto. Entonces abrió los ojos. Había llegado el momento de que él se marchara, como hacía siempre. Mary Beth seguía abrazándolo por el cuello, estrechándolo contra sí. Bajó los brazos, dejándolos caer, y sintió que el pecho se le desgarraba.

Desde el principio había sabido que llegaría ese momento, pero a pesar de esperarlo, la idea de que él la abandonara la desgarraba.

Mary Beth se esforzó por aceptar la realidad y lo miró a los ojos. Deke se levantó. La besó apasionadamente y la miró a su vez, con ojos azules intensos.

—No me voy.

No podía. Aún no. No cuando seguía necesitándola con una desesperación tal, que se sentía incapaz siquiera de analizarla. Deke la observó unos instantes, esperando a que ella hiciera un gesto de sorpresa. Las pupilas de Mary Beth se agrandaron, tratando de asimilar la noticia. Deke intentó por todos los medios ignorar lo que eso le hacía sentir. Ella era absolutamente preciosa, tenía el rostro ruborizado, después de hacer el amor. Y a Deke le gustaba saber que era él quien le había proporcionado ese brillo de felicidad, ese rubor. Tenía que alejarse de allí, marcharse al baño.

Al levantarse Deke, Mary Beth se dio la vuelta para contemplar su magnífico cuerpo desnudo moverse con gracia. Aunque hacer el amor significara para ella mucho más de lo que significaba para él, Mary Beth no lo lamentaba. Lo único que tenía que hacer era distanciarse de él.

Pero hasta ese intento de distanciamiento podía esperar, pensó Mary Beth mientras Deke volvía a la cama con ella, estrechándola contra su cuerpo nuevamente excitado.

Ella suspiró ante aquel inmenso placer y se acurrucó contra él. Mary Beth puso ambas manos sobre su pecho y deslizó una pierna entre las de él, presionándola contra su cuerpo masculino.

Ella tenía la cabeza bajo la barbilla de Deke, de modo que no podía ver la expresión de su rostro. Pero sí podía sentir todo su cuerpo excitarse y tensarse, oírlo gemir y moverse contra ella. Entre ambos se hizo el silencio, mientras Mary Beth disfrutaba del intenso placer de estar con él. Cuando él habló, ella se sobresaltó.

—Lamento mucho haberte abandonado tan bruscamente hace dos años, cariño. No pretendía hacerte daño —dijo Deke acariciando su espalda y abrazando después uno de sus pechos.

—No importa —contestó ella. Había aprendido a vivir con su rechazo—. Con esto basta para resarcirme —continuó, alzando la cabeza sonriente—: ¿Quieres saber por qué me acosté contigo entonces?

—Sé por qué —dijo él tomándola de la barbilla para que lo mirara, después de que Mary Beth hubiera apartado la vista, avergonzada—. Te sentías vulnerable tras la muerte de tu padre. Y yo me aproveché.

—¿Es eso lo que pensaste? —Deke asintió—. Pues no fue así —negó Mary Beth—.

Me siento un poco tonta, contándote esto, pero debes saber la verdad —continuó, comprendiendo que él se había sentido culpable durante todo ese tiempo—. Yo estaba encaprichada contigo, cuando éramos jóvenes.

—¿En serio? —preguntó Deke, excitándose ante la idea y rodando por la cama para ponerse encima de ella y besarle un pecho.

—Solía soñar con lo que sentiría, haciendo el amor contigo —confesó ella en voz baja, mirándolo apasionadamente—. Y ese día, cuando me besaste, comprendí que había llegado mi oportunidad.

—¿Y fue como soñaste? —preguntó Deke, besándole el otro pecho.

Mary Beth comenzó a contarle exactamente cómo se había sentido cuando él le hizo el amor, cuánto deseaba que él no parase jamas. Pero no le confesó un detalle muy íntimo e importante, un detalle que jamás le podría revelar: que aquel capricho se había convertido en algo mucho más profundo.

—No sé —sonrió Mary Beth, traviesa—. No sé si fue tal y como soñé. Aún estoy pensándolo.

A pesar de esas palabras, Mary Beth gimió de placer cuando él jugueteó con su pezón, besándolo y lamiéndolo con la lengua. Mary Beth arqueó la espalda y movió las caderas contra él.

—Bueno, cariño, pues parece que aún sigues necesitando que te lo demuestre —musitó él con voz espesa, excitado y tenso.

Mary Beth gritó cuando la boca de Deke abandonó su pezón para trazar un camino por todo su vientre. Deke le abrió las piernas y la saboreó. Incapaz de respirar, gimió profundamente, mientras su cuerpo se veía invadido por olas y más olas de placer, y olvidaba de qué habían estado hablando.

Capítulo siete

Satisfecha, Mary Beth suspiró y se estiró, desnuda, junto a Deke. Él acariciaba su piel con una mano cálida, la mano de un delicado amante, proporcionándole placer. Se sentía tan bien en sus brazos... Demasiado bien.

Pero no iba a permitirse el lujo de pensar en nada, más allá de ese momento. Había saboreado aquellos instantes juntos, y no se preocuparía por el futuro. Mientras esa idea cruzaba su mente, Mary Beth sintió que Deke quería moverse, y todas las defensas que había erguido se derrumbaron. Pero Deke rodó por la cama, llevándosela con él. Mary Beth alzó el rostro y lo encontró observándola.

—¿Qué?

—Hacer el amor contigo es fantástico —dijo él en un murmullo, sin dejar de observarla.

Jamás se había sentido así con una mujer. Era incapaz de saciarse de ella. Y eso lo asustaba tanto como lo excitaba. No podía permitirse el lujo de desviarse de su meta, ni podía permitir que Mary Beth se convirtiera en una persona importante para él. Aun así, se sentía incapaz de abandonarla. De momento.

Aquella confesión hizo sonreír a Mary Beth. Oírlo admitir que disfrutaba con ella la hacía estremecerse.

—Mmm... sí, ha sido maravilloso, ¿verdad?

—Desde luego —confirmó Deke observando lo apasionada y sexy que era, y sospechando cuánto iba a costarle abandonarla.

—Vaya —objetó Mary Beth, notando que él se distanciaba—. Creo haber oído un pero. ¿De qué se trata?

—Mary Beth, no quiero hacerte daño —repitió Deke suspirando, poco contento consigo mismo.

—Me harás más daño si no eres sincero conmigo —afirmó ella con ojos sombríos, esperando a que él hablara, pero sabiendo perfectamente qué iba a decir.

—No soy el tipo de hombre que tú necesitas.

—¿Y qué tipo de hombre necesito?

—De los que se quedan. El tipo de hombre que hace promesas y las cumple.

—No necesito a un hombre, Deke —afirmó ella bajando los ojos, ocultando su dolor—. Además, no recuerdo haberte pedido nada.

Deke acarició la mejilla de Mary Beth, y ella alzó los ojos. Sus miradas se encontraron. No, no le había pedido nada. Aún. Pero, lo admitiera o no, algún día lo haría. Y él no podría dárselo. Otra vez.

¿Qué estaba haciendo? La había herido una vez... y volvía a herirla. Estaba destinado a herir a las personas a las que más amaba. Porque Deke estaba comenzando a preocuparse por Mary Beth más de lo que hubiera querido. Fuera lo que fuera lo que pasara entre ellos, su vida se estaba convirtiendo en un infierno. Deke resopló.

—Quizá. La otra vez no me quedé contigo porque no tenía nada que ofrecerle a una mujer. Y nada ha cambiado.

Deke se movió, y Mary Beth pensó que iba a marcharse. Pero no fue así. En lugar de ello, él apartó el peso de su cuerpo de ella y apoyó la cabeza a su lado. Deke tenía una mano sobre su cintura, la sujetaba posesivamente. Mary Beth se relajó.

—¿Y por qué no me lo dijiste la primera vez que hicimos el amor, en lugar de marcharte bruscamente?

—Porque tú me tentabas más que cualquier otra mujer con la que hubiera estado —confesó al fin Deke, vacilante, pensando que ella merecía saber la verdad—. Y no puedo quedarme. No dependas de mí, Mary

Beth. Yo no soy así.

—¿Por el rodeo? —preguntó ella, notando de inmediato que él se ponía tenso.

—Es más que eso —contestó Deke apartándose.

Un silencio tenso e incómodo se impuso entre ambos. El tono de voz de Deke había sido áspero. Pero el instinto le decía a Mary Beth que ese cambio de actitud no tenía nada que ver con ella. Por eso insistió:

—¿Tan importante es para ti ganar?, ¿es por la emoción?

—Es complicado.

—Entonces explícamelo, Deke —sugirió ella acariciándolo.

Deke tardó tanto tiempo en responder, que Mary Beth creyó que no iba a hacerlo. Cuando por fin habló, su voz estaba teñida de tristeza:

—A mi padre y a mí nos gustaba mucho el rodeo. Solíamos ir juntos, a verlo. Luego, cuando me hice mayor, y a pesar de que mi madre se oponía, mi padre me dejó competir —explicó Deke apartando la vista y recordando el dolor que le producía haber herido a un padre al que idolatraba—. Lo echo de menos.

Mary Beth apenas recordaba a Jacob McCall, pero sabía que Deke y él debían haber estado muy unidos. ¿Pero qué relación tenía eso con ella? ¿Acaso trataba Deke, confusamente, de restaurar la memoria de su padre, compitiendo? Fuera cual fuera la razón, era evidente que Deke no había superado la muerte de su padre. ¿Pero y ella?

Mary Beth cerró los ojos. No quería pensar en él, el día de su cumpleaños. No quería recordarlo, cuando era feliz. ¿Pero cómo ayudar a Deke, cuando a ella le pasaba algo parecido? Mary Beth abrió los ojos y se encontró a Deke observándola.

—Duele mucho, perder a alguien a quien quieres —comentó ella pensando en su madre.

—Hice una promesa, sobre la tumba de mi padre. Le prometí que ganaría el premio para él —confesó Deke con ojos sombríos.

—Eras muy joven, Deke.

—Lo suficientemente mayor, como para saber qué estaba haciendo —insistió él, solemne—. Lo suficiente como para ser responsable de mis actos. Le dije cosas terribles a mi padre.

—Estoy segura de que él te quería —repuso Mary Beth confusa.

Deke apartó el brazo de Mary Beth y rodó por la cama, alejándose de ella y sentándose al borde, antes de declarar:

—Tuvimos una disputa la noche antes de que su avión se estrellara.

—¿Qué ocurrió?

—Llevaba días desobedeciéndole —confesó Deke con una amarga sonrisa—. Aquella noche me escapé de casa. Él me puso en ridículo, yendo a buscarme y obligándome volver. Y yo me enfadé muchísimo con él.

Deke jamás le había contado a nadie lo sucedido, ni siquiera a sus hermanos. Se sentía demasiado avergonzado. Pero algo muy dentro de él lo impulsaba a continuar:

—Le dije que lo odiaba —afirmó, haciendo una pausa—. Yo no sabía que iba a morir al día siguiente.

Deke giró el rostro en dirección a Mary Beth, esperando ver en ella disgusto y desagrado. Pero en lugar de ello vio comprensión y compasión, y eso lo enterneció.

Mary Beth se irguió en la cama, se sentó y se abrazó a las rodillas. Sus ojos estaban llenos de lágrimas. Dos años atrás ella había creído que Deke era una persona egoísta e insensible, y se había regodeado en esa imagen de él, que le permitía alzar una alta barrera en su defensa. Resultaba inquietante, descubrir cuánto se había equivocado. El demonio que perseguía a Deke, obligándolo a buscar aquel premio a toda costa, era el hecho de que había decepcionado a su padre. Y, al mismo tiempo, a sí mismo.

Mary Beth dejó vagar sus ojos sobre la inalcanzable figura de Deke, contemplándolo. Estaba de espaldas, con los músculos tensos y los hombros erguidos. Se sentía dolido, y ella no ansiaba otra cosa que calmar ese dolor. Necesitaba desvanecer ese dolor.

—Tu padre era un buen hombre, Deke. Te quería. Y estoy segura de que sabía perfectamente que no hablabas en serio. No puedes seguir torturándote para siempre.

Apenas había terminado de hablar Mary Beth, cuando Deke se puso en pie y recogió sus pantalones del suelo, diciendo:

—No te he pedido tu opinión.

—Lo siento —se disculpó ella de inmediato, profundamente dolida.

Deke se puso los pantalones. Ella notó perfectamente que el brusco rechazo de Deke se debía al problema aún pendiente con su padre, no a ella. Aun así, le dolía. Si alguien podía comprenderlo, esa era ella. Sus propios problemas pendientes con su padre eran la razón por la que seguía en Crockett, la razón por la que estaba empeñaba en sacar adelante Paradise.

La decisión era suya: podía proteger su corazón de futuros rechazos, y aceptar en cambio lo que él quisiera ofrecerle, sabiendo que jamás se quedaría para siempre, o podía despedirse en ese instante y verlo alejarse de su vida, por última vez. Otra vez.

Deke se volvió hacia ella con expresión de arrepentimiento.

—Escucha, no pretendía...

—No importa —dijo ella, interrumpiéndolo.

Mary Beth se levantó de la cama y recogió su ropa. Con manos temblorosas comenzó a vestirse, y finalmente se dio la vuelta para ponerse el sujetador.

Deke juró entre dientes.

—Solo quería que comprendieras por qué no puedo quedarme.

Mary Beth lo miró tratando de adoptar una expresión impasible, cuando en su interior las emociones la embargaban hasta estallar. No estaba preparada aún para ver cómo Deke la abandonaba, por mucho que seguir con él no la llevara a ninguna parte.

—No espero nada de ti, ya te lo he dicho —contestó en voz baja, luchando con los botones de la camisa—. Estás dándole demasiada importancia a todo esto —añadió, comprendiendo que esas eran las palabras que él deseaba oír—. Hacer el amor contigo es algo muy especial, pero no hace falta que te preocupes. No voy a enamorarme de ti.

—¿Qué? —preguntó Deke, deseoso de ver su rostro.

—A pesar de lo que pienses —insistió Mary Beth volviéndose hacia él con el corazón palpitante—, no vivo esperando a un hombre, que haga satisfactoria y completa mi vida. Ni siquiera pienso quedarme en Crockett.

Deke sintió como si le hubieran dado una patada en el estómago. Era ridículo, porque él no deseaba que Mary Beth se enamorara de él. ¿O sí? Y no estaba enamorado de ella. Incluso se lo había dicho, alto y claro. Pero entonces, ¿por qué le molestaba que ella despachara esa intimidad compartida, como si no se tratara de nada más que un revolcón, una calurosa tarde cualquiera?

—¿De qué estás hablando?, ¿adónde vas?

—Me marcho de Crockett en cuanto consiga sacar adelante Paradise. Me gustaba vivir en San Antonio, mucho más que aquí. Además, hay muchos sitios que aún no he visto. No estoy segura de dónde acabaré.

—Y si tanto lo deseas, ¿qué te retiene aquí? —preguntó él sospechando que le ocultaba algo.

—Yo también tengo algo que demostrar, igual que tú —confesó ella encogiéndose de hombros—. Mi padre se pasó la vida lamentando haberme tenido —añadió dirigiéndose a la cómoda para cepillarse el pelo—. Yo era la hija que nunca deseó tener.

Las cosas se iban aclarando, pensó Deke. Mary Beth se comportaba como si la actitud de su padre jamás la hubiera herido, pero Deke adivinaba por la expresión de sus ojos que no era cierto. ¿Por qué, si no, iba a haber dejado todas sus cosas intactas? Según parecía, el dolor por la pérdida de su padre resultaba aún demasiado intenso como para revisar años de recuerdos.

—¿Y tanto significa para ti conseguir que el rancho sea próspero? Tu padre ya no está aquí, Mary Beth. Ni siquiera se enterará, si lo consigues.

—Tu padre tampoco está aquí —señaló ella—. Además, lo hago por mí —añadió Mary Beth. Deke esbozó una expresión de incredulidad—. Es cierto. Me pasé años rogándole que me dejara ayudar en el rancho, pero él jamás me hizo caso, porque era mujer. Ahora soy yo quien está al mando, soy yo quien toma las decisiones —continuó dejando el cepillo en la cómoda—. Voy a conseguir que este rancho sea un éxito. Sé que puedo hacerlo. Sobre todo ahora, que tengo a Lightning y a Lady. Y hablando de los perros, me pregunto dónde se habrán metido.

Deke se dirigió a la puerta y la abrió. Tal y como sospechaba, los dos estaban esperándolos. Nada más abrir, ambos saltaron y corrieron excitados a su alrededor.

—¡Eh, chicos! —saludó Deke. Los perros entraron en el dormitorio y corrieron en dirección a Mary Beth. Deke los siguió—. Si quieres, podemos salir fuera a trabajar un poco con los perros, antes de que me marche.

—Necesito refrescarme un poco primero —advirtió Mary Beth—. ¿Por qué no sales tú? Yo iré enseguida.

Deke observó su rostro ruborizado. Lo que en realidad hubiera querido hacer era arrastrarla de nuevo a la cama y hacerle el amor, pero no podía. Tenía que ponerse en camino cuanto antes, tenía que concentrarse en la competición.

—Está bien, te espero fuera.

Pero en lugar de marcharse, Deke se inclinó sobre ella y la besó. Los labios de Mary Beth eran suaves, y su forma de aferrarse a él lo hizo gemir. Deke se obligó a sí mismo a marcharse. Sin mirar atrás, abandonó la habitación seguido de los perros.

Mary Beth respiró hondo. Sí, tenía un problema. Creía que podría controlar sus sentimientos por Deke, pero tras revelarle él los turbulentos hechos de su pasado, no estaba tan segura.

Mary Beth se apresuró a vestirse. Deke había ensillado dos caballos. Pasaron varias horas con los perros y algunas vacas. Mary Beth trató de concentrarse en aprender las órdenes que debía darles, en lugar de pensar en sus sentimientos hacia Deke.

La noche llegó, acercándose el momento de la partida de Deke. Tras pasar la mañana el uno en brazos del otro, ella temía que sus relaciones pudieran haberse echado a perder. Pero se equivocaba. Deke parecía perfectamente a gusto con ella. Mary Beth atesoró cada instante en su memoria. Cuando llegó la hora de partir, Deke la tomó en sus brazos y la besó apasionadamente. Ella lo observó alejarse con lágrimas en los ojos. Deke había dicho que volvería.

Y ella deseaba creerlo.

Acalorada y sudorosa, Mary Beth llevó los caballos al establo y entró en casa. Le dolía todo el cuerpo. Entró en la cocina y dio de comer a los perros. Pensó en prepararse algo de cena, pero estaba tan cansada que no pudo. Lo que necesitaba era un baño caliente.

Mary Beth se metió en la bañera. Habían sido dos días muy duros. Había comenzado el proceso de sembrar heno para el año siguiente, aunque con muchas reservas y bastante miedo. Por qué se molestaba, era algo a lo que no podía contestar. Ni siquiera sabía si conservaría el rancho para la primavera.

El tiempo había comenzado a cambiar. Oficialmente, acababan de entrar en el otoño.

Y nadie había contestado a su anuncio. Era la época del nacimiento de los terneros, pero no podría ocuparse de ellos sola. Tenía que separarlos de sus madres.

Mary Beth se metió en la cama, y Lightning y Lady entraron en la habitación. Ella los alabó por cumplir con su trabajo aquel día, y los observó tumbarse en el suelo. Cada vez que los miraba pensaba en Deke, y cada vez que pensaba en él ardía en deseos de verlo. ¿Dónde estaría?, ¿estaría solo?, ¿pensaría en ella?

Lightning y Lady comenzaron a ladrar nada más terminar Mary Beth el desayuno. Segundos después ella oyó el ruido de un motor, y comprendió la razón. Su corazón echó a galopar. No, no podía ser Deke. Aun así, saltó de la silla y corrió a asomarse por la ventana.

—Por supuesto que no es Deke —musitó observando la camioneta detenerse frente a la casa—. Pierdes el tiempo, pensando en él. Está en Lubbock, y probablemente no esté pensando en ti.

Nada más salir del coche, Mary Beth reconoció a Matthew McCall, que se acercó sonriente.

—Hola, Matthew.

—Hola. ¡Eh!, ¿quiénes son estos dos? —preguntó Matt inclinándose a acariciar a los perros, que reclamaban su atención.

—Son Lightning y Lady, los tengo solo desde hace unos días.

—Son estupendos.

—Sí, y me han sido de mucha ayuda —contestó Mary Beth señalando la camioneta—. ¿Ahora conduces?

—No es mío, pero papá me deja llevarlo de vez en cuando. Solo por carreteras secundarias. Aún no tengo el permiso de conducir —añadió Matt encogiéndose de hombros.

—Ya —sonrió ella—. ¿Qué tal en Bar M? Vi a Ashley con las niñas, en el pueblo. Han crecido mucho.

—Sí, y también Taylor —confirmó Matt apoyándose en la barandilla—. Russ y Lynn han tenido un bebé el mes pasado. Se llama Shyne.

—Sí, lo oí decir. ¿Y qué tal el rancho? —siguió preguntando Mary Beth.

—Bien, acabamos de terminar de sembrar.

—Yo también estoy sembrando, pero los dos últimos años la cosecha no fue buena. Hoy quería empezar a separar a los terneros de sus madres.

—He oído decir que necesitas ayuda —comentó Matt enderezándose—. ¿Has contratado a alguien?

—Aún no, ¿por qué?, ¿sabes de alguien que quiera trabajar para mí? Estoy dispuesta a contratar a cualquiera, con tal de que no sea un asesino.

—Bueno, yo no soy un asesino —rio Matt.

—¿Tú? —preguntó Mary Beth boquiabierta—. ¿Y por qué ibas a querer tú trabajar para mí? Tu padre es dueño de uno de los ranchos más prósperos de la comarca, seguro que tiene trabajo para ti.

—Te lo agradecería si me dieras la oportunidad. Trabajaría duro.

—Lo sé, Matthew —confirmó Mary Beth bajando los escalones del porche—, pero, ¿por qué quieres trabajar aquí? —volvió a inquirir, preguntándose si Deke tendría algo que ver.

—Quiero ganar dinero para comprarme mi propia camioneta —explicó Matt—. Papá dice que él me ayudará, pero solo si yo pongo parte del dinero.

—Yo no puedo pagarte mucho, Matt —confesó Mary Beth.

—Estoy dispuesto a trabajar por el salario mínimo —afirmó el chico.

—¿En serio?, ¿seguro? ¿Y qué dice tu padre? Seguro que en Bar M hay trabajo de sobra.

—Fue idea suya que viniera aquí. Vio tu anuncio y pensó que sería una buena experiencia para mí trabajar para otra persona. Lo único que tengo que hacer es no abandonar mis tareas allí... bueno, ¿qué dices?

—Estás contratado —afirmó Mary Beth contenta—. ¿Cuándo quieres empezar?

—¿Qué te parece ahora?

—Adelante —sonrió ella.

Matt y Mary Beth pasaron el día separando terneros de sus madres, con la ayuda de los perros. A las vacas que estaban a punto de parir las llevaron a pastos próximos a la casa. Mary Beth disfrutaba trabajando con él. El chico estaba fascinado por su tío, y no hablaba más que del rodeo. Ella escuchaba tratando de aparentar indiferencia, atenta a cada palabra.

Sin embargo, cuando Matthew comenzó a hablar de las mujeres que merodeaban por los rodeos, Mary Beth sintió celos. Según el chico, había miles de ellas persiguiendo a su tío. ¿Pero qué otra cosa esperaba? Deke y ella sentían una atracción mutua, pero su relación no era seria.

Era una estúpida. Deke no estaba solo en la habitación del hotel, deseando verla. Disfrutaba de su tiempo libre, y ella no hacía sino perder el tiempo.

Aquella tarde, a última hora, cuando Matthew se marchó, sonó el teléfono. Debía ser Catherine, la madre del chico, preguntando por él. Pero cuando Mary Beth contestó, no fue la voz de Catherine la que oyó. Era Deke.

—Eh, cariño, ¿me has echado de menos? —Mary Beth no contestó. No podía. Estaba paralizada—. ¿Hola?

—Estoy aquí, Deke —respondió ella al fin, tratando de no demostrar su entusiasmo—. ¿Qué tal estás?

—Cansado, llevo varias tardes seguidas compitiendo. Llego tardísimo al hotel. No sabía cuándo llamarte, no quería despertarte.

—Sí, suelo acostarme pronto —convino Mary Beth.

—¿Qué tal estás?

—Bien, ¿sabes que Matthew va a trabajar para mí?

—Sí, acabo de hablar con Jake hace un minuto. ¿Qué tal lo hace?

—Bien, es fantástico tenerlo aquí conmigo. Es una gran ayuda. Hoy hemos empezado a separar a los terneros.

—Habéis estado ocupados, ¿eh?

—Será mejor que cuelgues —dijo Mary Beth vacilando—, debes estar cansado. Yo, desde luego, lo estoy.

—Bien, entonces, hasta otra.

Mary Beth se despidió. Prefería no hablar mucho por teléfono con él, por miedo a revelar involuntariamente sus sentimientos. Además, oír su voz era un tormento.

Durante las dos semanas siguientes, Matt continuó ayudándola en el rancho. Deke llamó unas cuantas veces, pero ella se mantuvo firme en su decisión de no prolongar las conferencias.

Sin embargo su corazón no era su verdadero problema. Tras vender casi todo el ganado, aún le faltaban mil dólares para pagar la hipoteca. Si no los conseguía, perdería el rancho.

Capítulo ocho

Deke no comprendía qué le pasaba a Mary Beth, pero estaba decidido a averiguarlo. Por eso conducía a toda velocidad, en dirección a Paradise. Durante las últimas dos semanas lo había pasado mal, tratando de concentrarse en el rodeo. La noche anterior, sin ir más lejos, había obtenido su peor puntuación. Y todo por culpa de Mary Beth. Ella consumía todas sus energías, no podía sacársela de la cabeza. La echaba de menos, y estaba preocupado por ella.

Deke tamborileó con los dedos en el volante, tratando de analizar sus sentimientos hacia ella. Sabía, desde la primera vez que habían hecho el amor, que ella suponía una amenaza para él. Más que cualquier otra mujer. Era un milagro, que no lo hubiera matado un toro.

Quizá hubiera tenido más suerte, de haberle prestado más atención Mary Beth, cuando la llamaba por teléfono. Lo habría reconfortado, saber que ella pensaba en él. ¿Pero pensaba ella en él, alguna vez?, ¿permanecía despierta por las noches, deseándolo en su cama, deseando que le hiciera el amor? Deke no tenía ni idea. Había tratado de mantenerse en contacto con ella, de oír su voz. Pero Mary Beth se empeñaba en hacer de aquellas conversaciones algo impersonal y breve. Siempre tenía prisa por colgar, como si no tuviera tiempo para él.

Bien, pues estaba harto. Si no quería volver a verlo, tendría que decírselo a la cara. Lo soportaría, se dijo. Pero entonces, ¿por qué recorría kilómetros para ir a verla?

Deke sacudió la cabeza. Había hablado con Matt unas cuantas veces, desde que el chico trabajaba para ella, y había sido entonces cuando Mary Beth había cambiado de actitud. Quizá se sintiera violenta, por el hecho de que su sobrino conociera sus relaciones.

¿Sus relaciones?, ¿era así como se llamaba lo que había entre ambos?, ¿qué nombre se le daba, cuando una mujer te volvía loco?

Deke aparcó frente a la casa, saltó del coche y observó a los dos perros correr hacia él.

—¡Eh, preciosos! —los acarició Deke—. Quedaos aquí, puede que haya jaleo. Bien, cálmate —continuó, hablando para sí mismo—. No vas a conseguir nada, armando jaleo. Ya sabes lo terca que es.

Deke respiró hondo y llamó a la puerta, que se abrió segundos después. Ante él estaba la mujer que lo estaba volviendo loco. Su mirada se regodeó en los pechos, ajustados bajo un top, y en las piernas, embutidas en los vaqueros. La sangre comenzó a hervirle, nada más verla.

—Hola, cariño —saludó él con naturalidad, haciendo caso omiso a su instinto de estrecharla.

—¡Deke! —exclamó Mary Beth, abriendo enormemente los ojos—. ¿Qué estás haciendo aquí? —continuó preguntando, paralizada y nerviosa.

—Pasaba por aquí, y vine a ver a mi chica preferida —sonrió Deke, contento.

—Pensé que estabas en Tulsa —repuso ella ocultando su alegría con prudencia, y preguntándose a cuántas chicas llamaría así.

—Tenía que venir a casa a recoger unas cosas, así que me desvié un poco —contestó él encogiéndose de hombros. No era cierto, pero la explicación resultaba convincente. Volvía solo para verla—. Bueno, ¿es que no vas a invitarme a entrar?

—¿Qué? Ah, claro —respondió Mary Beth ruborizándose y dando un paso atrás. Deke pasó por delante, y ella cerró la puerta. Entonces él quiso abrazarla, pero ella se escabulló—. Estaba a punto de preparar algo de cena —añadió Mary Beth apresuradamente, corriendo a la cocina.

Deke frunció el ceño y la siguió, observando el balanceo de sus caderas. La reacción de Mary Beth confirmaba sus sospechas: algo ocurría. Deke la tomó del brazo y la hizo volverse.

—¿Qué ocurre?

—Nada —respondió ella soltándose, con mirada remota.

—No pareces muy contenta de verme.

—No sé a qué te refieres —se defendió Mary Beth, evitando su mirada y aumentando con ello la frustración de Deke—. Me alegro de que te desviaras para venir a verme —añadió, con la respiración acelerada, contradiciendo sus palabras—. ¿Has estado ya en Bar M?

—No, vine directamente aquí.

—Bueno, ¿tienes hambre? —preguntó ella sorprendida, pero sin parpadear siquiera—. Puedo preparar algo —añadió abriendo la nevera y dándose la vuelta hacia él.

—Sí, tengo hambre —respondió Deke. Sus miradas se encontraron—. Pero no de comer.

—Pues eso es todo lo que tengo para ofrecerte.

No era necesario que explicara sus palabras. La airada expresión de Deke demostraba que la entendía perfectamente.

—¿Qué ocurre? —exigió saber él, perdiendo la paciencia.

—Nada —se encogió ella de hombros, aparentando indiferencia.

Deke se metió las manos en los bolsillos del vaquero para evitar tirar de ella y arrastrarla a sus brazos. No esperaba que Mary Beth se arrojara a sus brazos nada más llegar, pero tampoco que levantara una barrera entre ambos. Algo muy serio había ocurrido, pero no tenía ni idea de qué podía ser. A menos que... a menos que Mary Beth estuviera viendo a otro hombre.

—¿Quién es él? —preguntó, medio gruñendo.

—¿Qué? —preguntó ella a su vez, confusa.

—¿A quién estás viendo? —insistió Deke acercándose a escasos centímetros, observándola.

La idea de que Mary Beth estuviera viendo a otro hombre lo volvía loco. Deke apretó los labios, tratando de evitar decir algo de lo que luego pudiera arrepentirse.

Mary Beth entonces se alteró terriblemente. Se enderezó, tensa, y levantó los brazos, tratando de apartarlo de su lado. Luego, con los brazos en jarras y sin dejar de mirarlo, contestó con calma:

—Tienes mucho valor, Deke.

—¿Yo? —contraatacó él, acaloradamente—. Hago un largo camino para venir a verte, y tú en cambio pareces no tener ni un segundo que concederme.

—Ah, comprendo —rio amargamente Mary Beth—. Te crees con derecho a decirme a quién puedo o no ver, solo porque nos hemos acostamos juntos, ¿no es eso? Según he oído decir, tú tampoco has perdido el tiempo. ¿Con qué derecho me exiges nada?

Deke la observó. Estaba sin habla, su mente era un torbellino. ¿De qué hablaba Mary Beth? Desde que se había marchado, solo había pensado en ella. Se acercó, frunciendo el ceño, y comenzó a decir:

—No sé con quién habrás estado hablando, pero...

—Bueno, Matthew ha sido muy explícito, a propósito de tus éxitos en el rodeo... y no me refiero a los toros.

Mary Beth hablaba en serio. Deke casi se echó a reír. La idea de que él pudiera estar con otra mujer que no fuera Mary Beth era absolutamente ridícula. Deke no podía creer que estuviera realmente celosa.

—¿Matt?, ¿y qué diablos sabe él?

—Vamos, por favor. Me lo ha contado todo, me ha dicho que hay miles de mujeres, dispuestas a saltar a tu cama en cuanto tú se lo pidas.

—¿Y por eso te mostrabas tan fría conmigo por teléfono?

—No me mostraba fría.

—Sí, sí te mostrabas fría.

—No, no lo estaba —insistió ella, acercándose y señalándolo con el dedo—. Y no te atrevas a fingir que no sabes de qué te estoy hablando —añadió, mientras la sonrisa de Deke se pronunciaba cada vez más, y ella se ponía más y más furiosa—. No tiene ninguna gracia, Deke. ¡No puedes dejarte caer por aquí, cada vez que te apetece disfrutar del sexo a tu conveniencia!

—¿Sexo a mi conveniencia? —repitió Deke, con ojos brillantes—. Cariño, te aseguro que conducir durante horas solo para verte, después de tres días enteros compitiendo, no resulta nada conveniente. Admito que en los rodeos hay mujeres —continuó, poniendo un dedo en los labios de Mary Beth, que abrió la boca para hablar—, pero te juro que no he estado con ninguna desde que salí de aquí.

—¿En serio? —preguntó atónita y parpadeando, con el pulso acelerado.

Deke puso una mano sobre su hombro y la arrastró hacia sí. La tomó de la barbilla, alzó su rostro con un dedo hasta que sus miradas se encontraron, y repuso:

—La única mujer con la que deseo estar es contigo.

—Deke...

Deke la besó, impidiéndole decir nada más. Mary Beth cerró los ojos y se rindió a aquel beso. Se aferró a su camisa, se apoyó en él, y saboreó su boca, su esencia. Deke la hizo su prisionera contra el refrigerador, moldeando su cuerpo al de ella. Una cálida excitación comenzó a recorrer a Mary Beth, haciéndole temblar las piernas. Las caricias de su lengua le arrancaron un gemido. Mary Beth se apartó de él.

—¡Deke, por favor...! —rogó ella, restregando las caderas contra él.

—Enseguida, cariño —susurró a su oído—. Pero no he recorrido todo este camino, solo para darme un revolcón rápido. Te quiero entera, quiero todo lo que puedas darme.

Mientras murmuraba aquellas palabras, sin embargo, Deke le levantaba el top y la desnudaba. Contento de que no llevara nada debajo, comenzó a acariciar los pezones tensos.

Mary Beth lanzó un gemido de satisfacción. Deke estaba excitado, a punto de reventar. Y solo por ella. Rodeó su rostro con las manos y buscó de nuevo sus labios. Al calor de la pasión, la ropa desapareció. Y ambos cayeron al suelo, él encima de ella.

—El dormitorio —musitó él con voz espesa, con solo los vaqueros.

Ambos se movieron al unísono. Él le quitó la ropa interior, y los dos cayeron al suelo en el pasillo. Aquella nueva parada momentánea sirvió para que Deke besara sus pechos. Mary Beth jadeó. Su placer era tan intenso, tan exquisito, que su cuerpo gemía por obtener satisfacción. Deke continuó besando sus pechos, y luego deslizó las manos por su espalda para estrecharla. Mientras la saboreaba, alzó la vista hacia su rostro. Mary Beth tenía los ojos entrecerrados, en actitud de éxtasis. Deke deslizó una mano por su muslo, entre las piernas. Y la penetró con un dedo.

Cálida y húmeda, Mary Beth apretó las piernas haciéndolo su prisionero. Y comenzó a jadear, con los ojos cerrados. Entonces Deke notó que se echaba a temblar, y que movía las caderas. Mary Beth llegaba a la cima en sus brazos. Deke la dejó en el suelo, se quitó los vaqueros y sacó de ellos un preservativo. Separó las piernas de Mary Beth, se colocó en medio y la penetró. Estaba tan excitado, que la llenaba por completo. Un intenso placer comenzó a embargar a Mary Beth como jamás antes había experimentado. Ella se aferró a él mientras Deke la besaba.

Mary Beth rodeó con las piernas la cintura de Deke. Sentía un fuego consumirla en su interior. Ambos estaban fuera de control. Luego ella notó que Deke se tensaba, y sintió que sus músculos temblaban, viajando ambos al límite de la razón, a otro tiempo, otro lugar.

Deke permaneció tumbado, con el pulso acelerado. Estaba convencido de que jamás recuperaría el ritmo normal de la respiración, pero no le importaba. Alzó la cabeza y la miró. Estaba ruborizada, su piel ardía. Deke rozó sus labios, y ella abrió los ojos.

—Al final no llegamos al dormitorio —comentó ella.

—No, cariño, pero aún no he terminado contigo —contestó él besándola larga e intensamente.

—Mmm... ¿y qué más tenías planeado?

—Un poco de esto —explicó Deke acariciando sus pechos y moviendo después las caderas—, y mucho de esto.

—Estoy lista, si tú lo estás —accedió ella, abrazándolo por el cuello y besándolo en la boca—. Mmm... pues parece que sí lo estás.

—Vamos al dormitorio —anunció Deke con ojos oscuros, observando la pasión en los de ella.

En aquella ocasión Deke la quería en la cama, quería hacerlo lentamente. Deke se puso en pie y le tendió una mano. Nada más comenzar a levantarse Mary Beth, él la tomó en brazos y la llevó al dormitorio, dejándola sobre la cama. Luego desapareció en el baño, volviendo segundos después.

—¿Cuánto tiempo puedes quedarte esta vez? —preguntó Mary Beth.

—Tengo que estar en Tulsa mañana a última hora —respondió él mordisqueando y besando su oreja, para pasar después a los labios. Deke alzó la vista y sus miradas se encontraron—. Y tengo que levantarme pronto para ir a Bar M mañana por la mañana, antes de partir. Eres tan bella —añadió en un susurro, observando sus cabellos revueltos, extendidos sobre la almohada.

Deke tomó sus pechos entre las manos. Su piel era suave, como la seda. Rozó el pezón, y lo apretó con los dedos. Ella suspiró con voz suave, femenina, excitándolo. Deke rodó por la cama y colocó a Mary Beth sobre sí.

—Entonces será mejor que aprovechemos el tiempo —comentó ella en un murmullo, comenzando a besar todo el torso de Deke y a bajar, hasta saborear su cuerpo masculino con la boca.

—Cariño, si sigues haciendo eso no creo que dure mucho.

—Bueno, no es eso lo que queremos, ¿verdad? —respondió ella alzándose.

Deke la levantó por las caderas y la sentó encima de él. Mary Beth contuvo la respiración al sentir el enorme placer de su cuerpo masculino, deslizándose muy dentro de ella.

—¡Oh, es maravilloso!

—Pues puedo hacerlo aún mejor —comentó él acariciando sus pechos, sin dejar de mover las caderas.

Deke buscó su mirada. Mary Beth echó la cabeza atrás mientras movía incesantemente las caderas, exigiendo más, hasta gritar:

—¡Oh, Dios! ¡Oh, Deke! ¡Ahora!

Deke la recorrió por entero con las manos, grabando en su mente cada palmo de aquella piel. Y comenzó a moverse más aprisa, a penetrarla más profundamente, hasta que de pronto perdió el control y sintió como si estallara en miles de pedazos.

Mary Beth apoyó la cabeza en el torso de Deke. Su mirada vagó por aquel rostro, estudiando cada rasgo y cada línea. Sentía el pecho hinchado. Estaba perdidamente enamorada de él. Suspiró. ¿Qué podía hacer? Nada. No podía hacer nada. Deke no había dicho una sola palabra, acerca de sus sentimientos. Al contrario, había dejado muy claro que en su vida no había espacio para una mujer. Y eso la incluía a ella. Fuera lo que fuera lo que sintiera, más que nada debía ser deseo. Quizá sintiera cierto afecto, pero nada más. Nada permanente, nada profundo. Y definitivamente, no era amor.

Deke abrió los ojos, sonriente.

—¿Estás bien? —preguntó estrechándola con fuerza.

A su lado, perdía la capacidad de pensar. El pecho de Deke se alzaba y bajaba, mientras trataba de recuperar el control. Había vuelto en busca de respuestas, pero aún no estaba preparado para descubrir que sus sentimientos hacia Mary Beth eran mucho más profundos de lo que creía.

—Sí —respondió ella saliendo lentamente de la cama, sin darle tiempo a leerle el pensamiento.

—¿Adónde vas?

—A ver a Lightning y a Lady. Creo que siguen fuera.

—Son perros, se supone que deben estar fuera.

—Están acostumbrados a estar conmigo —repuso ella volviendo la cabeza—. Seguramente piensan que los he abandonado.

—Bésame, y te dejo marchar —afirmó Deke tomándola del brazo, incrédulo ante aquella repentina retirada.

—¿Por qué será que no te creo? —preguntó ella divertida.

—Te lo juro.

Mary Beth cedió ante su deseo de volver a saborearlo. Cuando los labios de ambos se encontraron, él deslizó las manos por su nuca, atrapándola. Mary Beth gimió al sentir que rozaba sus pechos.

—Eso no es jugar limpio —se quejó, alzándose. Por toda respuesta, Deke agarró su muslo, deslizó ambas manos por sus piernas y abrazó su trasero—. Deke...

—¿Hmm?

—Cuanto antes me dejes marchar, antes volveremos a hacer el amor.

—Bueno, si insistes... —accedió él, soltándola.

—Voy a darles de comer —explicó Mary Beth—. Luego prepararé algo para nosotros.

—Y yo voy a tomar una ducha. ¿Por qué no te unes a mí, después?

Mary Beth no se molestó en vestirse. Se dirigió a la puerta desnuda, y se volvió hacia él. La mirada voraz de Deke la hizo temblar.

—Quizá —sonrió ella.

Deke salió de la cama a toda prisa.

Volvieron a hacer el amor, bajo la cascada de agua de la ducha. Luego, tras un largo beso, Mary Beth fue a hacer la cena y Deke terminó de vestirse. Sentado al borde de la cama, poniéndose las botas, Deke descolgó el teléfono de la mesilla y llamó a Bar M. Quería que su familia supiera dónde estaba, y que iría a verlos por la mañana. Mientras hablaba con Jake, Deke vio un bloc de notas sobre la mesilla. La curiosidad pudo con él.

Deke leyó la primera hoja y frunció el ceño. Estudiándola con detalle, enseguida se dio cuenta de que eran anotaciones de Mary Beth acerca de una hipoteca. Le faltaban mil dólares.

Colgó el teléfono, inquieto. Así que no se había equivocado al sospechar que Mary Beth estaba en apuros. Sacudió la cabeza y dejó la nota en la mesilla, sintiéndose frustrado. ¿Por qué no había confiado en él? Al fin y al cabo, eran amigos. Quería ayudarla. ¿Pero cómo hacerlo, cuando ella no le contaba sus problemas?

Pensando aún en el asunto, Deke terminó de vestirse y bajó a la cocina. Tras la cena, recogieron la ropa del pasillo entre risas. Exhaustos, subieron de nuevo al dormitorio mientras los perros se conformaban con el suelo. Deke estrechó a Mary Beth en sus brazos, pensando aún en su problema.

—Deke...

—¿Sí?

—¿A qué hora te irás?

—Tengo que levantarme pronto —suspiró él—. He llamado a Bar M para decirles que iré a verlos por la mañana.

—Sí, me ha parecido oír el teléfono —murmuró ella, medio dormida—. ¿Les has dicho dónde estabas?

—Sí, ¿por qué?, ¿te importa?

—No, supongo que no —respondió Mary Beth, con calma.

Deke cerró los ojos al notar que Mary Beth se quedaba dormida. La acarició y deslizó la mano por el torso, hasta encontrar un pezón.

—No te preocupes, a mi familia le gustas mucho. Si acaso, Ashley y Catherine me van a matar, por comprometerte.

—¿Es eso lo que estás haciendo, comprometerme? —inquirió Mary Beth, bostezando—. Perdón. Estoy tan cansada, que creo que podría dormir durante una semana.

—Duerme entonces, cariño —recomendó Deke acariciándole la cabeza.

—No quiero. Quiero...

La frase de Mary Beth quedó interrumpida, desvanecida en el silencio. Deke sonrió en medio de la oscuridad. Mary Beth estaba rendida, había acabado con ella. Pero él también estaba terriblemente cansado. Cerró los ojos y, mientras caí en el sueño, siguió pensando, preocupado por la hipoteca.

Durante la noche, Deke se despertó y volvieron a hacer el amor. Él sabía que estaba jugando con fuego, pero no podía resistirse. Ella respondió apasionadamente incluso al principio, medio dormida. Aquella forma de corresponderle lo volvía loco. Deke la condujo al clímax con las manos y con la boca, y finalmente se deslizó muy dentro de ella. Y por último se quedó dormido, preguntándose cómo se levantaría al día siguiente.

Al despertar, eran ya las siete. Deke abrió los ojos y contempló perezosamente a Mary Beth. Ella seguía profundamente dormida. Resistiéndose a la tentación de volver a hacerle el amor, Deke besó su mejilla y se levantó. De pronto frunció el ceño. ¿Por qué tenía siempre la sensación de que la abandonaba? Por mucho que quisiera quedarse, no podía. Tenía que estar en Tulsa esa misma noche.

Deke se vistió sin hacer ruido. Al agarrar sus botas, volvió a ver el bloc de notas de Mary Beth. Deseaba ayudarla. Ella trabajaba duro, tratando de sacar adelante el rancho. Y le faltaba poco para conseguirlo, la suma no era elevada. Pero si no conseguía el dinero, lo perdería todo.

Sacudió la cabeza, se metió la mano en el bolsillo y buscó la cartera. Tenía el dinero que ella necesitaba. En metálico. Lo contó, y lo dejó sobre la cómoda.

Conociendo su testarudez y su orgullo, era probable que Mary Beth agarrara una rabieta cuando lo viera. Deke rio pensando en ello, mientras abandonaba la habitación. Bueno, si tanto la molestaba, siempre podía considerarlo un préstamo.

Capítulo nueve

Deke se había marchado, cuando Mary Beth se despertó aquella mañana. Ver el hueco que había dejado en la almohada la desilusionó. Sabía que él no tenía más remedio, pero le hubiera gustado que se despidiera. Habría sido maravilloso, despertar desnuda en sus brazos. Mary Beth cerró los ojos y apoyó la mano en el hueco, recordando.

Era inevitable, al permitirle entrar de nuevo en su corazón. Lo cierto era que no había tenido opción, se había pasado media vida enamorada de él. Lo que había comenzado como un simple capricho había acabado por convertirse, con los años, en verdadero amor. Se había acostumbrado a vivir sola en San Antonio, creyendo que jamás volvería a verlo. Quizá, de haber permanecido allí, habría acabado por enamorarse de otro hombre. Sin embargo, de vuelta en Crockett, no tenía esa opción.

Mary Beth abrió los ojos y miró al techo, ausente. Sus planes habían dado un giro, al volver al rancho a cuidar de su padre. Su muerte había cambiado por completo el objetivo de su vida. Sin embargo, aún después de decidir quedarse en Paradise, Mary Beth jamás había esperado mantener una relación con Deke. Según había oído decir, él apenas estaba en el rancho.

¿Cómo adivinar que él iba a volver y a poner su mundo patas arriba? Mary Beth había aprendido muchas cosas acerca de él, desde que habían comenzado a verse. Su sentimiento de culpa hacia su padre lo impulsaba a recompensarlo, a buscar la paz en su corazón. Deke necesitaba perdonarse a sí mismo.

Por fin lo comprendía. Mary Beth intuía que Deke se preocupaba por ella. Al menos, en la medida en que podía. Perseguido por la culpa, Deke se negaba a permitir que nadie se acercara a él o interfiriera en su objetivo de redimirse a sí mismo. Y eso la incluía a ella.

Mary Beth no era una persona confiada, pero al comprender las motivaciones de Deke había bajado la guardia. Para enamorarse perdidamente de él. Mary Beth suspiró. La idea no la sorprendía, como podía haberla sorprendido unas cuantas semanas antes. Sobre todo porque aquello no alteraba en absoluto su objetivo en la vida. No iba a perder el tiempo, soñando con que Deke se enamorara de ella. Se contentaba con saber que formaba parte de su vida.

Mary Beth se levantó y observó que los perros no estaban en el dormitorio con ella, como era habitual. Deke debía haberlos sacado y haberles dado de comer, para que ella pudiera dormir. Eso la hizo sonreír. Se dirigió a la cómoda, buscando ropa limpia, y de pronto vio el dinero junto al joyero. Ella no lo había puesto allí. Se quedó mirándolo. ¿De dónde había salido...? ¿De Deke?, ¿lo había dejado él allí?, ¿pero por qué iba él a...?

Algo doloroso e hiriente se le clavó en el corazón, mientras observaba aquel dinero. Lo recogió con mano temblorosa. Tenía el pecho contraído, apenas podía respirar. ¡Deke le había dejado ese dinero! Mary Beth sintió náuseas. Había creído que él no volvería a hacerle daño, pero se había equivocado. El dolor y la humillación la embargaron, desatando su ira. Ni siquiera se paró a contar el dinero, no quería saber qué precio le había puesto Deke.

Mary Beth juró entre dientes y lo maldijo. El día anterior le había creído, cuando había dicho que solo quería estar con ella. Pero, ¿por dinero? No había caído en la cuenta entonces, de lo que él había querido decir.

Trató de controlar la ira, que crecía en su interior. Había creído compartir algo muy especial con él, pero Deke solo deseaba sexo. El recuerdo de su pasión se volvió sórdido de pronto.

Los ojos de Mary Beth se llenaron de lágrimas, mientras estrujaba los billetes en la mano. ¿Cómo se atrevía?

Mary Beth se vistió a toda prisa y salió de casa, aún con el dinero en la mano. Los perros la saludaron, y ella les ordenó subir al coche. Arrancó y salió disparada. Aún jurando y maldiciendo, apretó el acelerador. Llegó a Bar M en diez minutos, menos de la mitad de lo que hubiera sido normal. Aparcó, ordenó a los perros que no se movieran, y llamó a la puerta con insistencia. Ryder abrió.

—¿Qué demonios...? ¡Mary Beth, eh, preciosa...!

—¿Dónde está ese hermano tuyo, del que no se puede uno fiar? —exigió saber ella, sin dejarle siquiera terminar.

—Debes referirte a Deke —comentó Ryder viendo el dinero en su mano, echándose atrás.

—Sí, a ese exactamente me refiero —contestó ella entre dientes, tratando de ver tras la enorme figura de él—. ¿Dónde está?

—En el comedor —contestó Ryder abriendo la puerta de par en par, poco dispuesto a interferir.

Ryder se apartó de en medio, y Mary Beth pasó por delante como un vendaval. Él la siguió, guardando las distancias. Mary Beth conocía el rancho de los McCall, así que sabía exactamente dónde estaba el comedor. Al entrar abriendo la puerta súbitamente, observó que Deke no estaba solo. Con él estaban Jake, Catherine, Ashley y Matt.

Deke estaba hablando con Jake, pero alzó la vista cuando Ashley se asustó. Y abrió inmensamente los ojos, al ver a Mary Beth.

—Hola, cariño... —sonrió Deke, quedándose callado al ver que ella estaba blanca y furiosa.

—¡No vuelvas nunca a llamarme cariño, desgraciado! —gritó Mary Beth entrando en la habitación, señalándolo con el dedo.

Mary Beth se detuvo ante él, sin dejar de señalarlo, con los ojos brillantes de ira. La expresión de confusión que él esbozó la ofendió aún más. Sin prestar atención al resto de personas presentes, alzó la mano y le arrojó el dinero a la cara. Los billetes volaron por el aire, cayendo al suelo.

—Solo dime una cosa —continuó ella bajando un poco la voz, luchando por mantener el control—. ¿Pagas a todas las mujeres con las que te acuestas?

—¿Qué? —preguntó él atónito, con la boca abierta—. No, yo...

—Ah, entonces, ¿soy la primera?

—Espera, eso no es lo que...

—Supongo que lo hice bien, ¿no? Te ofrecí mi corazón para que lo destrozaras. Bueno, pues deja que te diga una cosa, caballero —continuó Mary Beth dando un paso adelante, ruborizada y acalorada, apretando los puños—. ¡Jamas volverás a hacerme daño, Deke McCall! Puede que haya sido lo suficientemente estúpida como para creer tus mentiras en la cama, pero no volverá a suceder. ¡Nunca!

Alguien tosió, y Mary Beth gritó, abriendo la boca y mirando a su alrededor. De pronto fue plenamente consciente de que había estado aireando su intimidad delante de toda la familia de Deke. Una mezcla de susto e incredulidad la hizo ruborizarse aún más. Mary Beth se tapó la boca, ahogando un grito desesperado. Estuvo a punto de desmayarse, cuando se dio cuenta de que Matthew había sido testigo de la escena. Las lágrimas comenzaron a resbalar por sus mejillas. Violenta y horrorizada, respiró agitadamente y añadió, tartamudeando:

—Yo... lo siento, yo..

Pero no podía articular palabra. Salió corriendo de la habitación. Alguien la rozó al pasar, pero ella no se detuvo. De alguna manera logró llegar a la camioneta. Arrancó, con los ojos llenos de lágrimas, y aceleró. Y no volvió la vista atrás.

Atónito, Deke trató de comprender lo ocurrido. Durante diez segundos nadie en la habitación habló. Finalmente se rompió el silencio, cuando Ryder comentó, lanzando una dura mirada a su hermano:

—¡Demonios, Deke!, ¿has perdido la cabeza? Pagar a Mary Beth por acostarte con ella es tratarla como a una...

—¡Ryder! —exclamó Ashley, señalando en dirección a Matt.

—Será mejor que te vayas fuera, Matt —recomendó Catherine.

—Ya soy mayor —contestó Matt ignorando la orden de su madre y mirando a Deke con desaprobación—. No puedo creer que le hayas hecho llorar a Mary Beth así, tío Deke. Es una buena chica, estoy convencido de que le gustabas. Habla mucho de ti.

—No pretendía hacerle daño —se defendió Deke poniéndose en pie y tratando de mantener la calma, mientras se preguntaba cómo era posible que Mary Beth hubiera interpretado su gesto así. Deke miró a sus hermanos y cuñadas, que lo observaban con desagrado—. Lo juro, no era mi intención.

—Espero que puedas darle una explicación, Deke —comentó Ashley acercándose, confusa y preocupada—. Esa pobre chica se ha marchado llorando.

—Tengo que hablar con Mary Beth.

—A nosotros también nos debes una explicación —objetó Jake—. Queremos oírla.

—Luego, tengo que... —Deke sacudió la cabeza. Podía hacérselo comprender a su familia, pero no era tan seguro que pudiera hacérselo comprender a Mary Beth. Su intención había sido buena, Deke no podía creer que necesitara justificarse, como si fuera el mismísimo diablo—. Escuchad, la verdad es que sospechaba que Mary Beth tenía problemas económicos. No quería preguntarle abiertamente, para que no se sintiera violenta, pero traté de hablar de ello en varias ocasiones. ¡Pero ella es a veces tan condenadamente orgullosa! Y testaruda. Ni siquiera habría admitido que las cosas andaban mal —Deke dejó el dinero en el suelo y echó a andar en dirección a la puerta, añadiendo—: Anoche encontré una nota con unas cuentas, y comprendí que le faltaba dinero para pagar la hipoteca. Y esta mañana, al acordarme, dejé el dinero en la cómoda para que pudiera pagar —Deke soltó una carcajada irónica y amarga—. Jamás imaginé que pensaría una cosa así...

—¿Adónde vas? —preguntó Matt bloqueándole el paso.

—No es que sea asunto tuyo, Matt, pero voy a tratar de arreglar este lío —contestó Deke tenso.

—Será mejor que la dejes en paz, si tus intenciones no son honestas —insistió el chico, sin cederle el paso.

—Basta, Matt. Solo voy a hablar con ella y a tratar de arreglarlo, eso es todo.

Deke abandonó la habitación y subió a la camioneta. Miró el reloj y arrancó. Al menos tenía la maleta hecha. Si quería llegar a tiempo a Tulsa, tendría que marcharse directamente desde casa de Mary Beth. La situación era complicada, porque no estaba dispuesto a marcharse hasta que no se aclarara aquel malentendido.

Durante el trayecto a Paradise, Deke recapacitó y pensó que debía haberle preguntado abiertamente a Mary Beth si necesitaba un préstamo. Su única intención había sido no ofenderla, pero el resultado había sido exactamente el contrario. Mary Beth estaba más furiosa que nunca, su familia estaba enfadada con él, y Matt había estado a punto de darle un puñetazo.

Esperaba que ella se hubiera calmado, para cuando llegara. Quería que comprendiera que no había querido insultarla, sino ayudarla. ¿Pero cómo conseguirlo, sin herirla aún más?

Paradise se venía abajo. Mary Beth necesitaba dinero, una fuerte inversión... Deke se dio un golpe en la cabeza. Tenía una idea. Le ofrecería invertir en su rancho, se ofrecería como socio sin reclamar nada a cambio. Él ponía el dinero, y ella seguía gobernando el rancho, salvando su orgullo.

Contento de haber dado con la solución, Deke se relajó en parte y aparcó frente a la casa de Mary Beth. Lightning y Lady salieron del establo y corrieron a saludarlo. Sabiendo que los perros jamás se alejaban de ella, Deke se encaminó en esa dirección.

Nada más entrar en el establo la vio. Ella lo miró, y él sintió que se le oprimía el pecho. Mary Beth tenía los ojos hinchados, había estado llorando. Había vuelto a hacer las cosas mal, había herido a quien más quería. Como siempre.

Mary Beth comenzó a limpiar uno de los establos, sin hacerle caso. Deke suspiró y se acercó. Ella estaba tensa, no se había calmado. Iba a tener que darle muchas explicaciones, si quería borrar aquella expresión de sus ojos.

—Mary Beth, quiero hablar contigo.

—Bueno, pero yo no.

—Tienes que darme una oportunidad

para explicarme.

—No tengo por qué hacer nada que no quiera hacer —repuso ella dándose la vuelta y mirándolo al fin.

—Podrías escucharme, al menos. ¿No crees que lo merezco?

Mary Beth trató de calmarse. Si no lo escuchaba, Deke no se marcharía, y en aquel momento no deseaba otra cosa que no volver a verlo nunca más.

—Pues aligera, estoy ocupada.

—Escucha, cariño, lamento mucho que hayas malinterpretado mi gesto, al ver el dinero. No pretendía herirte —se disculpó Deke, observando su expresión fría, y soltando un resoplido de frustración—. ¡Demonios, Mary Beth, no puedo creer que pensaras una cosa así! ¡Yo jamás haría eso!

—¿Y qué se suponía que debía pensar al ver el dinero sobre la cómoda?

—Bueno, creí que te figurarías que lo había dejado ahí para que pagaras la hipoteca.

—¿Qué? —preguntó ella, parpadeando.

—Anoche vi la nota con las cuentas, estaba sobre tu mesilla. Te faltaban mil dólares para pagar la hipoteca.

—¿La viste? —siguió preguntando Mary Beth.

—La vi mientras hablaba por teléfono

—asintió él—. Escucha, cariño, yo solo quiero ayudarte. Me dio la sensación de que te costaba mantener el rancho a flote. Y esta mañana, cuando me marché, volví a ver la nota. Dejé el dinero para ayudarte, no para humillarte.

—Y si eso es verdad, ¿por qué no preguntaste, simplemente? —inquirió Mary Beth, que no sabía si creerlo.

—Bueno, estabas tan decidida a levantar el rancho tú sola que no quise herir tu orgullo —explicó Deke acercándose a ella. No había nada que deseara más en el mundo, que estrecharla en sus brazos. Sin embargo se contuvo—. Desde que somos amantes, parece como si las cosas se difuminaran entre tú y yo. Me preocupo por ti, y no quiero herirte, por eso no quise hablar abiertamente de lo que sospechaba.

Mary Beth giró los ojos en sus órbitas. Deke sintió como si estuviera dándose de cabezazos contra la pared. Una pared orgullosa y dura de pelar.

—Me preocupo por ti, cariño —insistió Deke—. Para ser completamente sinceros, me siento herido en parte, por el hecho de que tú no confiaras en mí y me contaras tu situación.

—Es mi problema, no el tuyo —respondió ella, con voz helada.

—Puede, pero yo quiero ayudarte.

—Vamos a ver si conseguimos aclarar las cosas. Eres el último hombre de este planeta del que aceptaría ayuda.

—¿Quieres escucharme, por favor? —rogó Deke, con ojos suplicantes—. Es todo lo que te pido.

—Está bien.—accedió ella, cruzándose de brazos—. Tienes exactamente un minuto.

—Quiero invertir en Paradise. Quiero ser tu socio. Sin derecho a voto.

—¡Vaya! —exclamó Mary Beth, suspicaz—, ¿y por qué ibas a querer una cosa así? Paradise está a punto de hundirse, ¿por qué quieres arriesgar tu dinero así?

—Es la solución perfecta para los dos. Yo tengo dinero ahorrado, de los campeonatos. Podría hacer una buena inversión aquí. Y tú podrías salvar Paradise. La tierra es buena, tú estás empeñada en ello. Solo necesitas capital —explicó Deke encogiéndose de hombros. Mary Beth apartó la vista. Él la observaba atentamente. Creía que su oferta la iba a hacer feliz—. ¿O estás dispuesta a perderlo todo por orgullo?

—Ya no estoy tan segura de que me siga importando —respondió Mary Beth.

Era cierto. Estaba harta de luchar, tratando de sacar a flote el rancho. Era agotador hacerlo todo sola. Se estaba matando. Y total,

¿para qué? Para nada. Paradise se hundiría inevitablemente.

—No te creo.

—Me da igual que me creas o no. Yo quería sacarlo a flote, pero según parece no puede ser —admitió Mary Beth, pensando que quizá algún día llegara a aceptar su fracaso—. Quizá haya llegado la hora de admitir que mi padre tenía razón, quizá no sirva para dirigir un rancho.

Deke tragó. No podía creer que Mary Beth creyera realmente lo que estaba diciendo. Pero había más cosas en juego, aparte del rancho. Había algo entre ellos dos.

—¿Y qué hay de nosotros dos, Mary Beth?

—¿Nosotros? Tal y como has dicho, éramos amantes. Eso es todo. Jamás esperé que durara eternamente. Ya te dije que no pensaba quedarme en Crockett mucho tiempo.

Le dolía decir aquellas palabras, pero después de lo ocurrido entre ellos, no estaba dispuesta a confiar en él. Quizá hubiera llegado a conclusiones precipitadas al ver ese dinero, pero ¿qué otra cosa podía haber pensado? Deke podía haber preguntado, podía haber intentado hablar con ella. Pero no lo había hecho. Y según parecía, ni siquiera creía que ella podía sacar el rancho a flote, sola.

Y de todos, ¿cómo habría podido sobrevivir, sin el amor de Deke? El sexo los unía pero, ¿durante cuánto tiempo? Él mismo le había confesado que no tenía nada que ofrecer a una mujer. A ella. Había dejado bien claro que para él lo primero era el rodeo. Al final, la abandonaría. Exactamente igual que las otras veces.

Deke se estremeció al oír una respuesta tan indiferente. ¿Era eso realmente, lo que Mary Beth sentía hacia él? Se negaba a creerlo. Y, a pesar de todo, prefería que se quedara en Paradise, para tener noticias de ella. Por eso probó con otra táctica.

—Te estoy dando la oportunidad de conseguir que este rancho funcione. Has trabajado muy duro, no te rindas ahora. Si lo haces, lo lamentarás durante el resto de tu vida. Piénsalo, Mary Beth. Tu padre dejó el rancho en condiciones lamentables, lleno de deudas. Por eso te está costando tanto. Si aceptas mi oferta, podrás gobernarlo como tú quieras, serás la jefa, tomarás las decisiones. Y el rancho seguirá a tu nombre.

Mary Beth se ablandó. Deke le ofrecía la oportunidad de hacer de Paradise el rancho que ella siempre había deseado. Estaba ansiosa por aceptar, pero seguía sin estar convencida de que pudiera confiar en él.

Al ver que ella permanecía en silencio,

Deke insistió, mirándola fijamente.

—Por favor, cariño, créeme. Jamás pretendí hacerte daño.

—Ojalá pudiera creerte, Deke —contestó ella con los ojos llenos de lágrimas.

—Entonces acepta mi oferta.

Deseaba confiar en él, pero solo había una forma de lograrlo: manteniéndolo a distancia. Cada vez que confiaba en él, Deke se las arreglaba para herirla, de un modo u otro. Aun así, lo deseaba. Con todo su corazón. Él le ofrecía la posibilidad de hacer realidad un sueño: salvar Paradise. ¿Pero a qué precio?, ¿al precio de su corazón? Mary Beth no estaba segura de poder soportarlo. Necesitaba protegerse, de algún modo. Y mantener su relación con él en términos únicamente amistosos serviría para salvar Paradise, al tiempo que defendía su corazón. Quizá así lograra sobrevivir, dado que era imposible llegar a ninguna relación duradera y estable con él. Para ella, era la solución ideal.

—Si acepto tu oferta, tú tendrás que aceptar que se trata solamente de un acuerdo de negocios.

—¿Qué quieres decir?

—Que entre nosotros habrá única y exclusivamente una relación de negocios.

—¡Vamos, Mary Beth...!

—Hablo en serio.

Deke observó el gesto obstinado de su mentón. Discutir con ella no iba a llevarlo a ninguna parte. Si aceptaba, en cambio, ella se quedaría en Crockett. Era una pequeña victoria, pero podía saborearla. En aquel instante Mary Beth estaba confusa, así que le daría tiempo para recapacitar. Y si no lo hacía, ya se ocuparía de ese problema más adelante.

—De acuerdo, si es eso lo que quieres. Iré al pueblo y abriré una cuenta de la que puedas sacar dinero.

—Muy bien, entonces. Gracias.

Deke suspiró aliviado. Entre ellos, las cosas estaban lejos de haberse arreglado, pero ya tendría tiempo Mary Beth, de darse cuenta de eso.

Capítulo diez

De camino a casa de Mary Beth, Deke divisó una camioneta con dos hombres viajando en dirección opuesta. Al cruzarse con ellos los saludó, reconociendo a Pete Newton y a Charlie Baines. Habían pasado unas pocas semanas, desde que Deke había convencido a Mary Beth para que lo dejara invertir en el rancho. Deke contempló la propiedad. En aquel reducido espacio de tiempo, Mary Beth había hecho muchas mejoras. Había sustituido la alambrada, reparado y pintado la segadora, y construido un techo nuevo sobre el establo.

Deke se detuvo delante de la casa, apagó el motor y salió a estirar las piernas. ¿Qué le ocurría? Era incapaz de mantenerse alejado de una mujer que apenas le prestaba atención. Sí, ahí estaba, esperando verla con tal ansiedad, que había conducido toda la noche para llegar.

Deke había llamado a Mary Beth por teléfono con frecuencia, y ella había insistido, en todas las ocasiones, en explicarle cada paso que daba y cómo iban las cosas. Como si a él le importara. Deke volvía por una sola razón: para verla.

La final del rodeo tendría lugar en el plazo de tres días en Las Vegas. Necesitaba concentrarse en el rodeó. Y eso había hecho durante semanas, manteniéndose alejado de Mary Beth. Había conseguido ponerse a la cabeza, pero siempre podía ocurrir cualquier cosa. Un par de tardes de mala suerte, y perdería todo aquello por lo que había estado trabajando.

Deke había hecho el circuito de rodeos durante varios años, y cada uno de esos años había tenido un precio. Aquel año era su mejor y última oportunidad. Rogaba por que así fuera, porque no creía poder seguir otro año más. Su cuerpo estaba maltrecho, estaba cansado de montar toros, de curar heridas y de viajar. Jake le había preguntado cuándo pensaba dejarlo y establecerse, pero Deke se había encogido de hombros. Jamás le había contado a sus hermanos por qué arriesgaba la vida. Era más fácil hacerles creer que adoraba el riesgo, que contarles la verdad.

Deke sacudió la cabeza, olvidando el amargo recuerdo, y llamó a la puerta. Tenía el pulso acelerado.

Mary Beth estaba de pie, en medio del dormitorio de su padre, revisando el trabajo que le quedaba por hacer, cuando oyó que llamaban a la puerta. Nada más oírlo, los perros saltaron y salieron de la habitación. Ella rio y los siguió, sorteando cajas por el camino.

No solía tener visitas, pero se alegraba de la interrupción. Revisar las pertenencias personales de su padre había despertado en ella sentimientos que creía superados. Apreciaba su soledad, pero la vida le parecía vacía sin Deke. ¿Lograría algún día sacárselo de la cabeza?

Un suspiro escapó de sus labios. No estaba más cerca de olvidarlo del día en que le dijo que su relación sería estrictamente de negocios. Mary Beth había tratado de mantenerse ocupada, a pesar de haber contratado a dos hombres, y había tirado las revistas de viajes, pensando que al fin y al cabo Crockett no estaba tan mal. Pero no había podido olvidar a Deke.

De nuevo llamaron a la puerta, esa vez con insistencia. Mary Beth estaba ansiosa. Estaban a solo un mes de la Navidad, y comenzaba a sentirse sola y a deprimirse, como siempre por esas fechas. Habría sido maravilloso, pasar las fiestas con Deke. Seguía amándolo con todo su corazón. El tiempo que habían estado separados no le había servido de nada, más que para echarlo de menos. Cada vez que él llamaba por teléfono, su decisión de mantenerlo a distancia parecía diluirse un poco más. Y ya que no había conseguido olvidarlo, quizá fuera mejor seguir viéndolo y estar con él. Quizá acabara con el corazón hecho pedazos, pero al menos habría disfrutado mientras tanto. Mary Beth abrió la puerta y contuvo el aliento, al ver quién era.

—¡Deke! —exclamó, con los ojos muy abiertos.

Deke saboreó aquella enorme sonrisa, sintiendo su calidez. Ella se alegraba realmente de verlo. Encantado con la idea, no se paró siquiera a pensar por qué.

—Eh, cariño —sonrió él, provocativo, contemplándola de arriba abajo—. Bueno, ¿puedo pasar?

—Eh... claro.

Mary Beth apartó a los perros y se echó a un lado. Deke se inclinó para acariciarlos, y ella lo observó, resoplando de frustración. Luego él se enderezó, la rodeó con el brazo y la atrajo hacia sí, diciendo:

—Te he echado de menos.

Sobresaltada, Mary Beth lo miró a los ojos. Los latidos de su corazón triplicaron su velocidad. Él entonces se fijó en su boca.

Mary Beth solo podía pensar en cuánto deseaba que la besara. Quizá fuera débil, quizá fuera simplemente una estúpida, pero en aquel momento no deseaba otra cosa que estar con él.

—Yo también te he echado de menos —susurró ella.

—¿Sí? —insistió Deke, apretando el cuerpo contra el de ella y observándola, ligeramente sorprendido—. ¿Cuánto? —siguió preguntando, rozando los labios de ambos.

Mary Beth saboreó aquellos labios y se estrechó contra él, alzando la cabeza y sonriendo. Sus labios lo buscaron de nuevo, sus dientes lo mordisquearon.

—Mmm... mucho.

—Cariño, si vas a recibirme así, tendré que venir a casa más a menudo —dijo Deke olvidando toda cautela y besándola en profundidad.

Deke deslizó las manos por su cintura, por los pechos, y cuando ella le facilitó el camino, gimiendo de placer, le acarició los pezones y comenzó a restregarlos con el pulgar.

Mary Beth sintió de inmediato que el calor la invadía. El pulso se le aceleró. Las cálidas manos de Deke, bajo su camisa, desabrocharon el sujetador y le quitaron las dos prendas, tirándolas al suelo. El deseo ardía en los ojos de Deke, al inclinar la cabeza hasta sus pechos. Sus manos los abrazaron.

Mary Beth gimió cuando él tomó un pezón entre los dientes. Había echado de menos aquello, la forma en que él le hacía sentir. Quería sentirse amada, sentirlo en su interior.

Mary Beth comenzó a desabrocharle la camisa a Deke. Se la sacó de los vaqueros y la arrojó al suelo. Deke contuvo el aliento, cuando las manos de ella tocaron su piel. Nada más sentir que le desabrochaba el cinturón, la detuvo.

—Cariño, te deseo tanto en este momento, que creo que bastaría con que me tocaras para que me sintiera violento —le advirtió tomándola en brazos y llevándola al dormitorio—. Hagamos esto bien.

Deke la dejó sobre la cama, y buscó sus labios con pasión. Lenta, metódicamente, besó su cuello y escote hasta llegar a los pechos. Sus manos abrazaron uno de ellos, levantándolo hasta sus labios para succionarlo y morderlo. Mary Beth cerró los ojos y comenzó a mover las caderas. Deke tomó el otro pecho, le quitó las botas y el vaquero, y deslizó la ropa interior de ella por las piernas tirándola al suelo.

Su mirada la recorrió de arriba abajo. Algo muy poderoso surgía en su interior, una sensación inesperada que lo dejaba perplejo, que invadía su corazón. En ese instante, Deke se dio cuenta de que deseaba a Mary Beth para algo más que ese único momento.

Deke acarició su cuerpo con la mano, regodeándose en el tacto aterciopelado de su piel. Ella abrió los ojos y lo miró con una expresión apasionada. El cuerpo de Deke temblaba, ella se estremecía. Deke sintió que los latidos del corazón se le aceleraban, mientras se quitaba el resto de la ropa. Se unió a ella en la cama, y comprendió que con cada instante, con cada caricia, con cada mirada, la desearía aún más.

Deke se inclinó para besar su cuello. Mary Beth olía increíblemente. Ella volvió la cabeza hacia él buscando su boca, sus besos. Sus labios se apretaron contra los de él voraz, urgentemente, y sin embargo con suavidad, con una increíble suavidad. Deke se tomó su tiempo, utilizando la boca y la lengua, saboreando su piel ardiente y besando el cuello y los pechos.

Mary Beth lo rodeó por el cuello y lo atrajo hacia sí. El pecho de Deke se contrajo, mientras se colocaba en posición para unir sus cuerpos. Llevado por un fuego interior, Deke se enterró profundamente en ella.

Era perfecto. Ella encajaba completamente con él.

Y cuando Mary Beth se movió, una tormenta de sensaciones lo invadieron. Deke tembló ante la fuerza de esas sensaciones, tembló de necesidad. Jamas le bastaría, aunque pudiera seguir haciéndole el amor a Mary Beth durante el resto de su vida.

Pero el fuego que ella había despertado en él se convirtió en un infierno que lo consumía, arrebatándole el control. Cuando ella llegó al éxtasis, gritando su nombre, Deke encontró también la satisfacción. La estrechó con fuerza contra sí, y sintió que un millón de luces brillantes estallaban como fuegos artificiales. Fue en ese instante cuando Deke comprendió que estaba enamorado de Mary Beth.

—Me he despertado y no estabas —comentó Deke observando a Mary Beth, de pie ante el armario de su padre.

Al ver la escena, el pecho se le contrajo. ¿Cómo abandonarla en ese momento? Sin embargo no podía quedarse. Ni siquiera estaba seguro de que no fuera a echarlo todo a perder. Además, no tenía derecho a confesarle que la amaba. Aún no. No, hasta después de la final. Y aun entonces, tampoco estaba seguro de que fuera una buena idea. Y si no ganaba... en eso, ni siquiera quería pensar.

Deke entró en el dormitorio, y Mary Beth se volvió. Él deslizó los brazos por su cintura y la estrechó contra sí.

—No podía dormir —contestó ella—, así que pensé en trabajar un poco aquí. ¿Quieres desayunar? Puedo prepararte algo, antes de empezar.

—Desayunaré en casa —dijo él besándola y cerrando los ojos para oler su fragancia. Sería duro abandonarla. Planeaba estar en Las Vegas a última hora de aquella tarde, y aún tenía que ir a Bar M—. Has estado trabajando mucho, cariño. El rancho está estupendo.

—Te sorprende que haya estado haciendo limpieza en la habitación de mi padre, ¿verdad? Lo tengo ya casi todo embalado. Iba a enseñártelo anoche, pero como estuvimos ocupados... —comentó Mary Beth ruborizándose. Deke miró a su alrededor, observó las cajas y trató de abrazarla. Pero Mary Beth lo detuvo—. Ni se te ocurra pensarlo, casi he terminado aquí.

—Está bien, cariño —sonrió Deke besándola en la boca con pasión, mientras ella se aferraba a su camisa—. ¿Qué te parecería que te ayudara?

—Que llegas justo a tiempo —rio ella—. Solo me falta un cajón de la cómoda y el estante del armario.

—¿Te ha resultado muy duro revisar todo esto?

—Un poco —confesó ella con sinceridad—. Mi padre era una persona difícil, jamás mostraba emoción alguna. Pero hace tiempo que acepté el hecho de que jamás conseguiría complacerlo.

—Lamento mucho que no te apreciara como mereces, Mary Beth —la consoló Deke abrazándola—. ¿Por qué no me dejas que termine yo?

—Bueno, está bien —sacudió ella la cabeza, abriendo el cajón y jugando con las cosas que había dentro—. ¿No es extraño las cosas que guardan a veces las personas? Mira esto.

—¿Qué es? —preguntó Deke mientras ella le mostraba una caja de madera pequeña.

—No lo sé —contestó Mary Beth abriéndola, y encontrando dentro una llave de plata.

—¿De dónde será?

—No tengo ni idea, jamás la había visto.

—¿Has encontrado algo cerrado en la habitación, en donde pudiera encajar?

—No, nada —negó Mary Beth examinando la llave—. Dudo que abra nada importante.

—Pues no sé pero, ¿para qué iba a esconder tu padre esta llave, si no guardara algo importante?

—Cierto —convino Mary Beth—, pero no he visto nada que... —ella miró en dirección al estante del armario—... ¿y si hubiera algo ahí arriba?

—Vamos a ver —sugirió Deke comenzando a sacar cosas del estante y tendiéndoselas a Mary Beth—. Espera, ¿qué es esto? —añadió sacando una caja grande, plateada, del fondo del estante.

—Me pregunto qué habrá dentro —comentó Mary Beth con el estómago encogido.

—Prueba a abrirla con la llave —sugirió Deke.

—¡Dios mío! —exclamó Mary Beth al ver que encajaba perfectamente—. ¡Mira, Deke!

Mary Beth se sentó al borde de la cama, los latidos del corazón le retumbaban en los oídos. Deke tomó asiento junto a ella. En la caja había una serie de recuerdos de la vida de Mary Beth: una foto de cuando era bebé, un mechón de sus cabellos envuelto en papel, una goma del pelo que usaba de niña...

—¡Oh, Deke! ¡Mira! —exclamó ella, sosteniendo una cinta azul—. Esto lo gané en la Feria Estatal de Texas, a los doce años.

Recuerdo que un día volví del colegio y no la encontré. Siempre me pregunté a dónde habría ido a parar —explicó Mary Beth conteniendo las lágrimas—. Fue mi padre quien la escondió todos estos años... —Deke acarició el hombro de Mary Beth mientras ella desdoblaba un papel. Estaba tan viejo que prácticamente se desgarraba. Era un dibujo que Mary Beth había pintado de niña—. No puedo creer que mi padre guardara todo esto —añadió ella emocionada.

—Tu padre debió quererte mucho, a su manera —susurró Deke besándole la frente—. Quizá sencillamente fuera incapaz de decir las palabras.

—Quizá.

—Jamás habría escondido estas cosas si no te quisiera —insistió Deke.

—Eso ya jamás lo sabré —declaró Mary Beth apoyándose en él, contenta de tenerlo a su lado en esos momentos—. Yo pensaba que... Deke, yo creía que me odiaba —Deke la estrechó con fuerza, mientras ella lloraba—. No lo lamenté cuando murió —confesó alzando los ojos llorosos—. No estaba triste por él aquel día en que hicimos el amor. Al menos no como tú y el resto de la gente pensaba. Mi padre jamás estaba cuando lo necesitábamos. Yo estaba deseando escapar de aquí, alejarme de él.

—No te sientas culpable, Mary Beth —recomendó Deke quitándole la caja y dejándola a un lado.

—No puedo evitarlo. Si hubiera sabido...

—Pero no podías saberlo. No te destroces a ti misma, no podías hacer otra cosa.

—Tienes razón —lloró Mary Beth, enjugándose las lágrimas—. Sé que tienes razón.

Mary Beth volvió la vista hacia la caja y sus ojos volvieron a llenarse de lágrimas. Deke la estrechó mientras lloraba.

Matthew McCall estaba de pie, en el porche de Bar M, contemplando los rayos que cruzaban el cielo. La puerta se abrió tras él. Era su tío Deke, que se acercó y permaneció de pie.

—Tu madre me manda para decirte que entres en casa —comentó Deke apoyándose en la barandilla—. No le gusta que estés aquí con esta tormenta.

Llevaba lloviendo toda la tarde, y a juzgar por lo negro que estaba el cielo, no iba a parar. Los pronósticos del tiempo confirmaban esas sospechas, anunciando fuertes tormentas en las próximas horas. Tras ayudar a Mary Beth en sus tareas, Deke había vuelto a Bar M nada más comenzar a llover.

Había planeado marcharse de allí hacía una hora, en dirección a Las Vegas, pero se había quedado esperando a que cesara la tormenta. Aun así, pensaba ir a despedirse de Mary Beth una última vez, antes de partir. Deke miró en dirección su casa. Al ver un espeso humo negro saliendo de allí, se asustó.

—¿Qué demonios es eso?

—¿Es humo? —preguntó Matt perplejo.

Pero Deke no contestó. Corría en dirección a la camioneta, temiendo por la seguridad de Mary Beth.

—¡Avisa a Ryder y a Jake! —gritó al chico, arrancando y saliendo a toda velocidad.

Mary Beth se sobresaltó, al oír un trueno. Un escalofrío le recorrió la espalda, al oír después un «crak». Tenía el presentimiento de que había caído cerca, así que se asomó por la ventana, con el corazón en un puño. Los perros comenzaron a ladrar en el salón. Estaban inquietos delante de la puerta. Mary Beth la abrió y se quedó de piedra. El establo estaba ardiendo.

Las llamas se alzaban hasta el cielo. Sin pensar en su seguridad, corrió al establo bajo la lluvia. Todo su trabajo, toda su lucha estaba a punto de venirse abajo. Mary Beth luchó contra la lluvia y el viento hasta conseguir abrir las puertas del establo.

—¡Quedaos aquí! —ordenó a los perros cuando se dio cuenta de que la habían seguido.

Mary Beth respiró hondo y entró en el establo a soltar a los caballos. Estaban nerviosos, saltaban inquietos. No calculó la gravedad del peligro hasta no soltar al primero. El fuego se había extendido por el tejado y amenazaba la vieja estructura de madera de las paredes. Gritó, y golpeó en el lomo al caballo liberado para que corriera. Temblorosa, se sacó la camisa mojada de los pantalones y la sujetó sobre su boca y nariz, corriendo a soltar al siguiente caballo.

Para cuando consiguió liberar al último, el establo entero estaba en llamas y tan lleno de humo que apenas podía respirar. A cada paso que daba se sentía más desorientada. Tenía que salir de allí. Entonces oyó ladrar a los perros. Incapaz de ver la puerta, se tambaleó en la dirección a los ladridos. Le dolían los pulmones a causa del humo. Nada más salir, cayó de bruces sobre la tierra.

Tosiendo, Mary Beth se arrastró alejándose del edificio en llamas bajo la lluvia. Los perros seguían ladrando, la olisqueaban. Mary Beth se agarró a ellos hasta llegar a un lugar más seguro. Entonces trató de ponerse en pie, se dio la vuelta, y gritó. El fuego se había extendido a la casa. La desesperación la embargó mientras contemplaba cómo ardía Paradise.

—¡No!

No había modo de apagar el fuego. Sola, no. Las lágrimas comenzaron a resbalar por sus mejillas. Iba a perder su casa, todo por cuanto había luchado. Creía que lo odiaba, pero no era así. Y la caja, con los recuerdos de su padre, estaba en la casa. Mary Beth corrió dentro. Tenía que salvarla.

Capítulo once

Deke sostuvo la mano de Mary Beth mientras dormía. Estaba preocupado. Había permanecido inconsciente durante dos días. El médico le había asegurado que se recuperaría, pero aún no había despertado. Deke observó su rostro pálido, frágil. Suspiró y se llevó su mano a la mejilla, besándola. Era un milagro que estuviera viva.

La tarde del incendio, Deke había llegado a Paradise a tiempo de ver la casa en llamas, cuando el establo ya se había derrumbado. Y Mary Beth había desaparecido. Sus peores sospechas, que ella seguía en casa, se confirmaron cuando vio a los perros ansiosos, ladrando en dirección a la puerta.

Incapaz de ver nada, a causa del humo, Deke había entrado y había visto por fin a Mary Beth, que trataba de salir. Pero justo al llegar, una viga del techo se había derrumbado, golpeándola en la cabeza. Al verla caer al suelo, el corazón se le había parado.

Deke alzó la vista, al oír que la puerta se abría. Jake y Ryder entraron en la habitación del hospital. Su familia había permanecido con él, apoyándolo.

—¿Qué tal? —preguntó Jake acercándose a la cama.

—Bien —respondió Deke sin apartar la vista de la paciente.

—¿Ha habido algún cambio?

Deke sacudió la cabeza. Ryder se acercó y puso una mano en su hombro, diciendo:

—Las finales comienzan mañana. Si quieres llegar a tiempo, tendrás que marcharte enseguida.

—¡Maldita sea, sé lo que tengo que hacer! —exclamó Deke sacudiendo el hombro para soltarse y ponerse en pie.

Estaba a punto de lograrlo, de cumplir la promesa que había hecho sobre la tumba de su padre. Solo que, para conseguirlo, tenía que fallarle a la persona a la que más amaba: a Mary Beth.

—¿Qué ocurre, Deke? —preguntaron Ryder y Jake, intercambiando miradas confusas—. Vamos, Deke, cuéntanoslo. Queremos ayudarte —insistió Jake.

Deke se acercó a la ventana, luchando contra el deseo de compartir su secreto con sus hermanos. Vaciló, y finalmente se giró hacia ellos con expresión de remordimiento.

—No es fácil contaros esto —comenzó a decir, metiéndose las manos en los bolsillos—. Tú no te acordarás, Jake, porque estabas en el colegio —continuó, con voz tensa, dirigiéndose después a Ryder—. ¿Recuerdas lo que sucedió la noche anterior a la muerte de papá y mamá?

—No sé a qué te refieres —sacudió su hermano la cabeza pensativo—. Creo que estaba enfermo, con gripe. Mamá consideró la posibilidad de quedarse en casa, pero al día siguiente estaba mejor.

—Me peleé con papá —declaró Deke con voz temblorosa, respirando hondo—. Llevaba un par de meses muy desobediente, sin hacer mis tareas. Papá me prohibió salir.

—Sí, de eso me acuerdo —confirmó Ryder.

—Bueno, yo era muy cabezota, así que me escapé —continuó Deke, con ojos llenos de lágrimas—. Papá lo descubrió y me buscó, presentándose en casa de Becky Parson justo cuando íbamos a salir al lago. Y me arrastró de vuelta a casa. Yo me sentí muy humillado, estaba muy enfadado. No dije una sola palabra en el trayecto hasta casa. Pero ya conocéis a papá —sonrió Deke amargamente—, jamás dejaba pasar nada. Trató de hablar conmigo, y acabamos peleándonos. Yo le dije que... —Deke apretó los dientes—... que lo odiaba.

El rostro de Deke estaba retorcido por

la angustia. Deke hizo una pausa, y luego continuó:

—Al día siguiente, papá y mamá murieron. Jamás tuve oportunidad de retirar mis palabras. No pude decirle que lo quería.

—¿Y qué tiene eso que ver con el rodeo? —preguntó Jake confuso.

—Le juré que ganaría el campeonato en su honor. Lo juré sobre su tumba —afirmó Deke.

—¿Y por eso te estás matando?

Deke asintió. Jake miró a Ryder, comprendiendo. De pronto todo cobraba sentido. Deke se había estado matando, arriesgando su vida, para cumplir una promesa. Para aliviar su conciencia.

—Quiero ir al rodeo —admitió Deke—, creo que este año tengo posibilidades de ganar, pero... —Deke respiró hondo y cerró los ojos, para dirigir luego la vista hacia Mary Beth, inmóvil.

—Eras solo un niño, Deke. Papá sabía que no hablabas en serio. Él te quería —dijo Jake acercándose a él.

—Ojalá pudiera creerlo —lloró Deke.

—Será mejor que se lo cuentes —comentó entonces Ryder, en dirección a Jake.

—No sé —vaciló Jake.

—¿Contarme, qué? —preguntó Deke.

—No creo que haya otro momento mejor,

Jake. Deke debe saber la verdad. Quizá lo ayude a comprender a papá, a darse cuenta de que ha estado torturándose inútilmente.

—Nadie es perfecto, Deke —comenzó a decir Jake, asintiendo—. Todos cometemos errores, y todos tenemos que perdonarnos mutuamente. Ryder, yo... y papá no era una excepción.

—¿Qué quieres decir? —preguntó Deke.

—Créeme si te digo que no te cuento esto para herirte. Jamás lo haría. Te lo cuento para que comprendas que papá habría sido la primera persona en perdonarte. Al poco de casarse con mamá, tuvo una aventura —confesó Jake mirando a Ryder, que lo alentó a continuar—. Yo no lo supe hasta después del accidente. Cuando me hice cargo del rancho, encontré unos documentos entre los papeles de papá. Yo soy hijo de otra mujer.

—¿Qué? —preguntó Deke perplejo.

—Es cierto —confirmó Ryder—. Yo también he visto esos documentos. Mamá adoptó a Jake de recién nacido. No conocemos toda la historia, ni siquiera sabemos quién es su madre biológica.

—Sé que es difícil de creer —añadió Jake, poniendo una mano en el hombro de Deke.

—¡Dios! —exclamó Deke—, ¿y qué sentiste tú?

—Durante un tiempo me enfadé, pero

luego lo asimilé. Mamá lo perdonó, así que, ¿quién soy yo, para no hacer lo mismo? Ella jamás me trató de un modo diferente, sé que me quería —dijo Jake con sinceridad—. Ahora te toca a ti, reconciliarte con lo que ocurrió. Papá te quería, dijeras lo que dijeras.

En aquel momento Deke sintió que se quitaba un peso de los hombros, y abrazó a sus hermanos. Seguía deseando haber podido retirar sus palabras, pero ya no sentía la imperiosa necesidad de competir para demostrar su amor.

—Así que, si quieres quedarte aquí con Mary Beth, hazlo con la conciencia tranquila —recomendó Jake—. Sé que no quieres abandonarla, pero me da la sensación de que ella se pondrá furiosa cuando se entere de que no te has ido por su culpa.

—Cierto, me pondré furiosa.

Al oír la voz de Mary Beth, los tres hombres se volvieron hacia ella. Deke fue el primero en reaccionar, corriendo a su lado.

—¡Dios mío, cariño, te has despertado! —exclamó inclinándose para retirarle el cabello de la cara.

Mary Beth cerró los ojos un instante y tragó dolorosamente, mirando a Deke. Ryder le sirvió un vaso de agua, que Deke le sujetó.

—Gracias —continuó Mary Beth, mirando a su alrededor—. ¿Cuánto tiempo llevo aquí?

—Iré a decirle a la enfermera que se ha despertado —anunció Jake.

—Te acompaño —añadió Ryder, con la intención de dejarlos solos.

—Dos días —contestó Deke a la pregunta, tomando la mano de Mary Beth y besándola—. ¿Qué tal estás?

—Me duele un poco la cabeza, pero aparte de eso estoy bien.

—Pues te diste un buen golpe, te cayó una viga en la cabeza. He estado muy preocupado por ti, toda mi familia lo ha estado —sonrió Deke tiernamente—. Están todos en la sala de espera. Seguramente entrarán dentro de un momento.

—¿Qué era eso de que no piensas ir al rodeo?

—No quería dejarte, quería estar aquí cuando despertaras.

—Pues ya estoy despierta —afirmó Mary Beth—. No puedes perderte la final. Has luchado mucho, Deke. Y tienes posibilidades de ganar. Además, estoy bien.

—Shh… —ordenó Deke, besándola en la boca—. Ya hablaremos de eso.

—¿Y los perros? —continuó preguntando ella, tras asentir.

—Están bien, están en Bar M.

—¿Qué ha sido de la casa?

—Lo siento, cariño —lamentó Deke—. No pudimos salvarla.

—¿Hay alguien herido? —inquirió ella.

—No, todos están bien.

—¡Gracias a Dios! —murmuró Mary Beth—. Lamento mucho que hayas perdido todo lo que invertiste en Paradise, Deke.

—No te preocupes, lo importante es que estás bien.

—Tengo un seguro —añadió ella—. Te devolveré el dinero.

—Necesitarás ese dinero para construir una casa nueva.

En el fondo de su corazón, Mary Beth sabía que no había ninguna razón para volver a construir una casa en Paradise. Si Deke la hubiera amado, si hubieran tenido un futuro juntos, ella se habría quedado. Deke había permanecido a su lado en el hospital, pero eso no significaba que la amara.

—No hay ninguna razón para volver a comenzar, sabes que pensaba marcharme —afirmó Mary Beth, apartando la vista.

—¿Qué? —preguntó Deke incrédulo, con el corazón en un puño.

—No veo ninguna razón para volver a construir, Deke. Mi objetivo era levantar Paradise, y estaba a punto de conseguirlo, pero ya no puede ser. Jamás pensé quedarme para siempre.

Deke comenzó a sentir pánico. Tenía que convencer a Mary Beth de que se quedara. Había estado haciendo planes, mientras ella estaba inconsciente. Quería demostrarle que la amaba, quería pasar el resto de su vida con ella. Y no le permitiría que lo abandonara.

Deke se dio la vuelta y recogió la caja plateada con los recuerdos del padre de Mary Beth, que había guardado en el hospital. Era el lazo que ataba a Mary Beth a Paradise.

—Conseguí salvar esto —murmuró Deke—. Estabas aferrada a esta caja, cuando te saqué de la casa.

—¡Oh, Deke! —exclamó ella, con lágrimas en los ojos, acariciando la tapa.

—Mary Beth, si vuelves a arriesgar tu vida así, te juro que te mato —susurró Deke inclinándose para besarla en los labios y mirarla a los ojos—. Me has dado un susto de muerte, cariño.

—Lo siento, lo hice sin pensar. Pero tú estás bien, ¿verdad?

—Perfectamente —contestó Deke volviendo a besarla más largamente. Mary Beth lo abrazó por el cuello y lo atrajo hacia sí. Lo amaba tanto, que no podía evitar responder a sus besos—. Como sigas besándome así, voy a tener que meterme en la cama contigo.

Mary Beth se ruborizó, pero antes de que pudiera responder, la familia de Deke entró en la habitación.

—Estábamos muy preocupados por ti, Mary Beth. ¿Cómo te encuentras? —preguntó Lynn.

—Bien —aseguró Mary Beth, sonriendo a Matt, que le guiñó un ojo—. Gracias a todos por venir.

Un médico entró entonces en la habitación, acercándose a la cama. Mary Beth se volvió hacia él.

—Bien, así que por fin te has despertado. ¿Cómo estás?

—Bien, aparte de un ligero dolor de cabeza —contestó Mary Beth, ansiosa por salir del hospital, a pesar de no tener adónde ir. El médico le hizo unas cuantas preguntas, y tomó nota. Todos observaron en silencio, mientras la examinaba—. Me gustaría marcharme a casa, por favor —rogó Mary Beth—. Bueno, ya no tengo casa, pero a pesar de todo quiero marcharme.

—No te gusta mucho el hospital, ¿eh? ¿Por qué será que no me sorprende? —preguntó el médico dirigiendo la vista a Deke—. Bueno, no creo que necesite quedarse aquí, siempre y cuando tenga a alguien que la cuide durante unos días.

—Se quedará con nosotros, doctor —afirmó Deke sin vacilar.

—No, yo...

—Tranquila —intervino Lynn, acallando sus protestas—, nosotros te cuidaremos. Y no intentes convencernos de lo contrario. Te hemos preparado una habitación en Bar M, y a los niños les encanta tener a los perros.

—Sois muy amables... todos —agradeció Mary Beth, con un nudo en la garganta.

—No pensarías ir a ninguna otra parte, ¿verdad? —preguntó Deke mirándola a los ojos.

Mary Beth se dio los últimos toques de maquillaje y se miró al espejo. Llevaba el pelo suelto y un vestido verde que destacaba el color de sus ojos. Y sonreía. Hacía mucho tiempo que no disfrutaba de una verdadera Navidad.

No esperaba seguir en el rancho de los McCall para entonces, pero allí estaba. Deke y su familia le habían dado la bienvenida, instalándola en un dormitorio junto al de él. Tras asegurar el médico que podía viajar, Mary Beth había corrido a Las Vegas, a ver la competición. En la última noche, todo el mundo había irrumpido en aplausos, mientras Deke subía al podio y era proclamado vencedor.

Aquel año Mary Beth se sentía completamente poseída por el espíritu de la Navidad. Atesoraba cada momento en casa de los McCall, decorando el árbol con Catherine y Ashley. Había ido con Deke a un centro comercial muchas veces, a elegir regalos para todos. Apenas podía contener el entusiasmo. Formar parte de aquella familia era una experiencia nueva y excitante, y su amor por Deke crecía de día en día. Hasta que, embargada por el espíritu navideño, se había atrevido a soñar con lo imposible: con que Deke se enamorara de ella. Después de todo, la Navidad es el momento de los milagros.

Deke no había mencionado una sola vez la palabra amor, pero cada noche se colaba en su habitación y le hacía el amor. Y se habría quedado con ella toda la noche, de no haber insistido Mary Beth en lo contrario, por corrección. Deke aseguraba que su familia sabía muy bien dónde pasaba las noches, pero obedecía todas las mañanas.

Satisfecha con su aspecto, en la mañana del día de Navidad, Mary Beth abandonó el dormitorio para ir al salón, ansiosa por reunirse con la familia alrededor del árbol. Lynn, Russ y su hijo, Shayne, acababan de llegar. Deke alzó la vista al verla entrar. Tenía planeado darle una sorpresa y, llegado el momento, estaba nervioso. Respiró hondo, se puso en pie y la besó.

—Feliz Navidad, cariño —susurró contra su boca.

—Feliz Navidad —respondió ella abrazándolo y sonriendo.

—Tengo algo especial para ti, una sorpresa —dijo él.

—Ya me has dado algo especial esta mañana —respondió ella traviesa.

Mary Beth se echó a reír. Jamás había sido tan feliz, como en ese momento.

—Dejad ya de besaros, vosotros dos —advirtió Ashley, señalando el sofá para que se sentaran—. Esto es para ti, Mary Beth.

—Gracias —sonrió Mary Beth.

Uno a uno, todos fueron abriendo sus regalos. Una hora más tarde, el papel invadía el salón. Mary Beth recogió los suyos y los llevó a la habitación, donde tenía escondido el de Deke. Volvió al salón y lo besó, sonriendo y tendiéndole el regalo.

—¿Es para mí? —sonrió Deke.

—Espero que te guste —asintió Mary Beth, que no estaba muy segura de haber acertado—. La idea fue mía, pero Lynn me ayudó —confesó nerviosa.

El salón quedó en silencio mientras Deke abría el regalo. Era una fotografía de él con su padre, preciosamente enmarcada, tomada en el primer rodeo en el que Deke había competido. Deke la examinó con reverencia, y luego se volvió hacia Mary Beth.

—No puedo creer que se te ocurriera regalarme esto, me encanta —afirmó Deke, emocionado, mientras toda la familia los observaba.

—Me alegro de que te guste —contestó ella, besándolo.

—Yo también tengo algo para ti —dijo Deke haciendo un gesto a Matthew, que esperaba la señal.

Mary Beth observó que todos se acercaban al sofá. Oyó a Matthew silbar, y se echó a reír, al ver a Lightning y a Lady entrar en la habitación con gorros de papá Noel. Lightning llevaba un paquete entre los dientes. Se acercó a Mary Beth y se detuvo, mirándola. Lady ladraba. Mary Beth tomó el paquete de Lightning, mientras todos reían.

—Eso ha estado genial —dijo ella contenta, mirando a Deke, mientras Matthew llamaba a los perros.

Entonces Mary Beth abrió el regalo. Un escalofrío le recorrió la espalda. Envuelta en papel, había una cajita pequeña de terciopelo. Mary Beth lanzó una brillante mirada a Deke, que la sostuvo sin parpadear. Entonces Deke se arrodilló. Atónita, Mary Beth lo miró con los ojos como platos.

—Mary Beth, te quiero con todo mi corazón. ¿Querrás casarte conmigo?

—¡Oh, Dios! ¡Oh, Deke! —exclamó ella boquiabierta, con lágrimas en los ojos. Apenas podía respirar o articular palabra, su mente bullía de excitación—. ¿Quieres casarte conmigo?

—Oh, sí, cariño, claro que quiero —contestó Deke poniéndose en pie y quitándole la caja, para sacar el anillo, mientras el suspense lo volvía loco.

De no haber latido su corazón a cien por hora, Deke se habría echado a reír, ante el estado de estupefacción en el que se encontraba Mary Beth. No podía comprender por qué la sorprendía tanto. Era imposible, que no se hubiera dado cuenta de que estaba enamorado de ella. Mary Beth esbozó una enorme sonrisa, y sus ojos brillaron, llenos de amor.

—¡Sí!, ¡oh, sí! ¡Oh, te quiero, Deke! —exclamó arrojándose a sus brazos.

Deke profundizó en el beso. Habría podido devorarla allí mismo, en ese momento. Enseguida sonaron silbidos y aplausos a su alrededor. Deke se apartó de Mary Beth, y todos observaron cómo le ponía el anillo. Apenas consciente de que el resto de la familia se iba retirando discretamente, Mary Beth se enjugó las lágrimas y miró a Deke a los ojos.

—Llevo toda la vida amándote, Deke McCall —confesó ella rodeándolo por la cintura—. Te dije que era solo un capricho, pero la verdad es que te quiero desde que era una adolescente. Y jamás he dejado de quererte.

—No lo sabía —susurró él, embargado de emoción por aquella confesión.

—Siempre deseé secretamente que te fijaras en mí, pero jamás soñé con que te enamorarías —continuó Mary Beth enjugándose las lágrimas—. Me mudé a San Antonio tratando de olvidarte, pero fue imposible. Cuando me hiciste el amor por primera vez, supe que siempre te querría.

—Lamento mucho haberte hecho daño cuando te abandoné —volvió a disculparse Deke—. Cuando te hice el amor esa primera vez, comprendí que tenía un problema —Deke tomó la mano de Mary Beth y la sujetó contra su corazón, añadiendo—: Habías penetrado en mi alma, tenía que marcharme, porque no quería hacerte daño igual que se lo hice a mi padre.

—Lo sé, lo comprendo —afirmó Mary Beth aferrándose a él y cerrando los ojos, mientras Deke la besaba.

—Hay algo más —dijo Deke estrechándola contra sí—. Quiero que sepas que, vayas a donde vayas, yo iré contigo.

—¿Qué?, ¿de qué estás hablando? —preguntó Mary Beth confusa.

—Como tenías tantas revistas de viajes, y dijiste que no querías volver a construir una casa en Paradise... Yo creo que sería un lugar perfecto para vivir, pero seré feliz donde tú quieras, siempre que estemos juntos.

—¡Oh, Deke! —murmuró Mary Beth—. Hubo un momento en el que preferí marcharme a causa de los amargos recuerdos de mi infancia, pero no se me ocurre otro lugar mejor para comenzar nuestra vida que Paradise. No quiero marcharme. Nunca.

—Te quiero tanto... —murmuró Deke con el pecho hinchado.

Mary Beth lo abrazó. Al final, había recibido su regalo de Navidad, su milagro.

Epílogo

Mary Beth estaba de pie, junto a la puerta de su nueva casa, observando la camioneta de Deke aparcar. Deke salió, y ella lo esperó en el porche para saludarlo.

—Aquí está papá —susurró al bebé de tres meses, en sus brazos.

Mary Beth suspiró de felicidad. Según parecía, los milagros se multiplicaban en su vida. Habían ocurrido tantas cosas, que parecía imposible que Deke y ella estuvieran celebrando solo el primer aniversario. Ninguno de los dos había querido esperar, así que habían celebrado la boda el día de Año Nuevo, esa misma Navidad.

Al oír llegar a la camioneta, Lightning y Lady se abalanzaron sobre Deke. Él los saludó, y luego se dirigió a su esposa.

—Hola, preciosa.

—Hola —respondió ella mientras se besaban.

—Lamento llegar tarde, te lo recompensaré la semana que viene —se disculpó Deke, que había tenido que ir a ayudar a su cuñado Russ.

—Estamos juntos, eso es lo que cuenta —sonrió ella—. Entra, iré a acostar a Andrea mientras te lavas.

Deke besó a su hija y entró en el comedor, volviendo de inmediatamente los ojos hacia Mary Beth, boquiabierto, al ver que había preparado una cena romántica para dos.

—¿Cómo has conseguido preparar todo esto? ¿Es lasaña lo que huelo?

—Tu plato favorito.

—Estoy hambriento —añadió Deke besando de nuevo a su mujer, con pasión.

—Primero la cena —objetó Mary Beth cuando la pasión se desbordó.

Deke gruñó, pero corrió a ducharse. Mary Beth acostó a Andrea y se quedó unos instantes contemplándola. Jamás, en toda su vida, habría podido creer que la vida en Paradise pudiera ser tan perfecta. Tras una semana de luna de miel en México, Deke y ella habían vuelto a Paradise para construir la casa. Y nada más comenzar las obras, Mary Beth había descubierto que estaba embarazada. No era exactamente una sorpresa, porque Deke y Mary Beth habían hablado de ello, y ninguno de los dos quería esperar. Al principio, no obstante, ella había vacilado, temerosa de que Deke quisiera volver al rodeo. Pero Deke le había asegurado que, desde que se había enamorado, era feliz. La verdadera competición había sido terminar la casa antes de que naciera la niña. Y así había sido, por los pelos.

Mary Beth oyó cerrarse el grifo de la ducha, así que se dirigió al dormitorio, donde Deke estaba abrochándose la camisa, y lo abrazó.

—Te quiero —susurró él con voz ronca, besándola con pasión—, pero creía que querías cenar.

—Y eso quiero. Vamos.

De la mano, se dirigieron al comedor y Deke le sujetó la silla. Luego él abrió una botella de vino y sirvió dos copas.

—Jamás soñé que podría ser tan feliz —dijo ella con mirada intensa.

—Yo tampoco, cariño.

Tras la muerte de su padre, Deke no se creía merecedor de amor, pero Mary Beth le había enseñado que el amor es incondicional. Y la amaría durante el resto de su vida.